삶의 여유

삶의 여유

| 발행일 | 2026년 3월 25일 |

지은이	김천
펴낸이	손형국
펴낸곳	(주)북랩

출판등록	2004. 12. 1(제2012-000051호)
주소	서울특별시 금천구 가산디지털 1로 168, 우림라이온스밸리 B동 B111호, B113~115호
홈페이지	www.book.co.kr
전화번호	(02)2026-5777	팩스	(02)3159-9637

| ISBN | 979-11-7598-183-6 03810(종이책) | 979-11-7598-184-3 05810(전자책) |

작가 연락처 문의 ▸ ask.book.co.kr

전용 게시판에 문의를 남기시면 저자에게 직접 전달됩니다.

(주)북랩 성공출판의 파트너

북랩 홈페이지와 SNS에서 다양한 출판 솔루션을 만나 보세요!

홈페이지 book.co.kr　•　**블로그** blog.naver.com/essaybook　•　**출판문의** text@book.co.kr

카톡채널 북랩

삶의 여유

북랩

목차

지적인 능력

적당히 거친 음식은 저작 운동으로 뇌에 자극을 주며, 소화 운동으로 장을 튼튼하게 한다. 신체 구조가 복잡하고 근육이 발달한 동물들은 단단하고 질긴 음식으로 스트레스를 해소하며 신체 기능을 촉진한다. 파충류인 뱀의 경우, 평상시에 단련된 몸통의 꿈틀거림으로 통째로 삼킨 음식을 소화한다. 반면, 식물의 즙을 빨아들이고 개미에게 단물을 내놓는 진딧물처럼 움직임이 거의 없는 곤충은 몸의 구성과 그에 따른 활동이 매우 단순하다.

　요양 보호사로 환자를 돌보는 일을 하다가 보면 몸이 편한 것을 특권처럼 즐기며 사는 사람들의 생활 습관이 결국 몸을 망친다는 생각을 하게 된다. 몸이 받아들이기 불편해서 거친 음식을 좋아하지 않겠지만, 재활이란 그럼에도 노력을 하는 것이다. 이유를 만들고 그 원인에 집착하는 핑계는 악순환을 가져온다.

　변비에 시달리며 신체 조직이나 기능이 점점 약해지고 악화하는 퇴행성 질환은 본인이 의식하지 못한 채 서서히 진행되는 특성이 있다. 특히 인지 장애의 증상과 당뇨와 고혈압 같은 합병증을 유발하는 몸의 상태는 식습관에서 영향

삶의 여유

을 받았다고 말할 수 있다.

　사고로 신경을 다친 경우, 근육을 사용하지 않으면 몸의 근육이 점점 소실된다. 그런 경우라 해도 꾸준히 운동을 시켜 주면 근육의 손실을 막을 수 있다. 웃을 상황이 없어도 웃음의 표정을 지어 보면 배의 근육이 당겨지는 것을 느낄 수 있다. 이처럼 신체 활동의 결과는 스스로 몸을 기억하며 유지하는 효과를 나타낸다.

　신체의 상호 보완적인 활동 능력처럼 인지 능력이란 주의력과 집중력, 판단력과 사고력을 총동원하는 정신을 의미한다. 그러므로 말하기와 글쓰기는 자기 계발로, 종합적인 능력의 개발을 의미한다.

사람은 언어라는 소통의 도구가 있어 언어의 구성과 그 표현을 통하여 인지의 능력을 점검할 수 있다. 일반 지능 검사를 비롯하여 학습능력 검사와 업무능력검사 그리고 신경심리검사 등 여러 가지 영역별 검사가 있다.

생각하게 하는 인지 능력은 삶의 질을 높이는 지적 능력으로 확장하여 전개되기도 한다. 인류의 문명은 평범함을 거부하는 지적 능력으로 정신적인 진화를 거듭해 왔다. 지구가 우주의 중심이라는 천동설을 뒤집고 지동설을 발견하는 그런 지적 능력으로, 신비스럽고 복잡한 현상을 단순 명쾌하게 이해하고 설명할 수 있다.

학문은 지적 활동으로 매우 체계적이며, 그

완성은 공동체의 표준이 되며, 움켜쥔 생각을 적절하게 나누어 삶에 유용하게 풀어내는 기술이다.

표현 방식의 한 가지인 비유는 혼돈의 생각들을 정리하여 표현하므로 마치 어둠 속에서 등을 밝히는 것과 같다. 손에 잡히지 않는 추상적인 개념을 흐름으로 잡아, 사물을 빌어 구체적으로 설명하는 방식이다.

음식물을 저작하는 능력이 곧 소화 능력의 기본이 되는 것처럼, 언어를 자유자재로 다루는 비평의 기술은 인지 능력을 향상하게 한다. 비평은 나와 공동체를 연결하는 힘이며, 공동체를 살아 움직이게 하는 능력이다.

오해

오해는 상대방의 의도나 사실을 다르게 해석하는 것이다. 자기중심적 생각이 앞선 상태로, 공감 능력이 부족해서 대화해도 소통이 되지 않는 상황이다. 결론적으로 남의 행동은 성격 탓이라서 그 사람의 문제로 보며, 내 행동은 상황 탓이라서 어찌할 수 없었던 일로 차별하는 이중적인 생각과 태도다.

이해관계의 상대와 처한 처지를 바꿔서 생각

삶의 여유

할 줄 아는 마음은 공동체 생활을 하는 사람에게 기본적인 소양이다. 요즘 정치권의 청문회에서 답변자로 나온 고위직 지명자들이 지난 어록으로 곤욕을 치르는 일이 많다. 의사 결정 권한으로 그 책임이 조직 전체와 사회에 큰 영향력을 미치는 만큼 조직 지도자들의 도덕적인 검증은 필요하다. 그렇지만 씁쓸하게도 대부분의 지명자가 자신의 어록에서 자유스럽지 않다. 그렇게 자기중심적 습관은 쉽게 남을 비판하고, 자기 자신에게는 관대하게 삶을 바라보고 있음을 알 수 있다.

유대 민족에게는 할례라는 종교적인 관습이 있다. 남성의 포경 상태를 인위적으로 제하는 행위다. 의도적으로 마음의 중심을 드러내고 자각하게 하는 종교적인 의식으로, 어른이라는 자부심을 주고 자신을 주장하며 책임감 속에 살도록 하는 성인식과 같은 의식이다.

대부분의 남자는 나이가 들어 성숙해지면 자연적으로 포경의 상태를 벗어난다. 그리고 자위 행위는 그 시기를 앞당기는 역할을 한다. 그러므로 할례는 자의적인 의식을 벗어나 타의적인 힘이 작용한다는 측면이 있으며, 실제 할례는 육체적으로 흉터를 만드는 관습이다.

공동의 목적을 지향하는 사람들은 언어를 사용하여 마음속의 생각을 드러내고 상대방의 견

삶의 여유

해를 듣는 모의적인 대화를 한다. 실제가 아닌 가상의 상황으로 미리 학습의 효과를 얻는 것이다. 그러므로 오해와 그에 따른 다툼을 겪지 않고서 자기중심적인 생각에서 벗어나 공동체 속의 한 사람으로 성장할 수 있다.

종교는 믿음이라는 태도를 통하여 마음 씀의 비밀을 터득하고, 삶의 행복을 추구하는 성찰의 영역이다. 그러므로 나를 나라고 의식하는 불확실한 자아와 대화하며 사는 삶의 방식이라 할 수 있다. 지금 말하는 불확실한 자아는 유동적인 마음의 중심으로, 보통 사람들은 성령 하나님이라고 표현하기도 한다.

성경에는 구약(옛 언약)과 신약(새 언약)이 있다.

보통 기독교인이 말하는 하나님은 성부와 성자와 성령이 삼위일체로 역사하는 하나님이다. 구약시대에는 불확실한 자아로 대비되는 하나님이 아버지의 품성으로 그려졌지만, 신약시대에는 '예수 그리스도'를 통한 아들의 품성이 강조되었다. 현시대에는 진리의 성령이 역사하는 시대라고 많은 기독교인은 상식적으로 생각한다.

인문학을 배우다 보면 온전한 논리는 없다. 언어의 논리는 텍스트로 마감하는 순간 대화를 멈춘 주검과 같다. 즉, 숨을 쉬던 사람이 숨을 멈추는 것과 마찬가지다. 그러나 성경에서 하나님은 '산 자의 하나님'과 '스스로 존재하는 자'로 자신을 표현하고 있다.

그렇게 신앙은 신(하나님)이 존재한다는 명제 안에서 이루어지는 믿음의 행위다. 즉, 사람들이 대화할 때에 가상의 현실을 경험하며 삶을 학습하고 진취적으로 성장하는 것과 같은 이치다.

결론적으로 신앙은 무에서 유를 창조하는 것이 아니며, 정확하게 표현한다면 정신적인 진화를 의미하는 것이다.

새로운 생명이 탄생하는 이치로 유전자의 DNA가 작동하는 것처럼 진화는 가능성과 긍정성이 만나 새로운 유전적 형질을 만들어 낸다.

진실

코를 골며 자던 사람에게 사실대로 '당신은 코를 골며 잔다'라고 얘기하면 바로 수긍하지 못한다. 그는 코를 고는 동안에 잠에 취해 있어서 그 사실을 모르기에 그 말에 어리둥절해한다. 이처럼 자신이 알 수 없는 불편한 진실에는 인식의 한계가 존재한다.

실제 치매가 시작되는 사람에게 당신은 치매가 있다는 말이 거짓말로 들린다. 기억 상실의 증상은 최근의 사실을 인식하지 못하고 더욱 쉽

삶의 여유

게 잊어버리기 때문이다.

진실이란 확실한 증거가 있으므로 뇌리에 인식되었을 때에 참으로 진실이 된다. 만일 코를 골며 자는 동영상을 당사자에게 보여 준다면 그는 그 사실을 부정하지 못한다. 참고로, 사람에게 인식의 한계가 있다는 불편한 진실의 의미를 알려 준다면 참으로 쉽게 사실을 받아들인다.

남의 신체에 상해를 입히고서 자신을 용맹스러운 강자로 자랑스럽게 여기는 행위처럼, 도덕 불감증이란 법의 심판으로 증명하여서 부끄러움을 알게 해야 고쳐지는 증상이다. 남의 용서를 병적 연약함으로 치부하는 어리석음은 정서

적인 불안감에서 비롯된 버릇이다. 일본의 야만
적인 침략 전쟁의 행위도 원자 폭탄의 위력 앞
에서 그 행위를 멈추었다. 섬나라로 하나의 국
가를 형성하기까지 서로 싸움을 멈추지 않았기
에, 일본인의 심리에는 먼저 침략하지 않으면 침
략당한다는 심리가 존재한다. 상대편의 허를 찌
른다는 그런 연유로 일본군의 미국 진주만 폭격
은 시작되었다.

침략 전쟁으로 세력을 키워 가던 일본에 원자
폭탄의 위력은 거짓말 같은 사실이었다. 두 번
째 원자폭탄의 위력은 어리둥절해하는 일본에
불편한 진실의 의미를 참으로 받아들이게 했다.
코를 골며 자는 동영상을 보여 주듯이, 미국이

삶의 여유

힘의 우위라는 확실한 증거를 일본에게 내민 것이다. 결국, 폭력적인 전쟁은 일본의 항복으로 끝을 맺었다.

오랜 역사가 가르쳐 주는 진실은 전쟁이란 목적이 아니며, 평화를 위한 마지막 수단이 되어야 한다는 것이다. 재물이 많은 사람들은 함부로 재물을 보여 주며 자랑하지 않는다. 틀림없이 도둑이 들기 때문이다. 그러므로 힘이 있는 사람은 힘을 함부로 사용하지 않으며, 꼭 필요한 곳에 적절한 힘을 사용한다. 그러므로 승리자와 승리자의 힘은 비밀처럼 숨겨져 있다고 믿어야 한다.

진정한 승리자는 자기 자신을 아는 것이고,

아는 것은 곧 무의식의 세계를 인식하는 것이다. 정확하게 말하면 태양이 지구를 중심으로 두고 도는 것이 아니라, 태양을 중심으로 지구가 돌고 있다는 사실과 같은 불편한 진실을 사실로 받아들이는 것이다.

눈에 보이지는 않지만, 세균의 활동으로 병이 전염된다는 사실은 세균을 보지 못하는 사람들에게 불편한 진실이다. 그러므로 불편한 진실을 무시하고 행동하면 무의식중에 위험에 노출되어 해를 당하게 된다.

알면서도 정확하게 인식할 수 없는 무의식의 세계는 예방 주사를 맞고, 손을 씻고, 소독하고, 마스크를 쓰는 코로나 팬데믹의 현실과 비슷한 상태다.

불편한 진실은 이미 관습으로 굳어져 드러내
어 말하기가 거북한 사실이기도 하다. 육식하면
서도 동물을 애완용으로 키우는 모순적인 생활
은 거부할 수 없는 불편한 진실이다. 그렇지만
'개고기를 식용으로 금지하자'는 운동처럼 사람
들의 태도도 변화하여 인식의 불편을 줄이는 방
향으로 흐르고 있다.

형식의 변화

의료 보험의 적용으로 비용 부담이 줄어들고 건강에 대한 인식이 높아지면서 병원을 찾는 사람들이 많이 늘었다. 또한, 분야별로 전문적인 기술이 발전하여 성형과 미용의 목적으로 병원을 이용하기도 한다.

휴대 전화의 사용이 일상생활에 쉽게 적용되면서 병원에서 앱으로 진료 접수의 예약을 환영하고 있다. 병원 측에서 경쟁하듯 의료 시스템을 도입하고 서비스 측면에서도 뒤처지지 않으려 노력한 결과다.

어느 곳에서나 문자로 간편하게 접수하고 병원에서도 받아 주지만, 이제 당일 접수는 현장에서만 가능하다. 요즘 거의 한 시간 이상을 기다리는 것이 병원의 실상이어서 시간을 낭비하지 않으려면 한가한 시간대를 찾아서 간다. 그리고 그 시간을 어떻게 보내야 할지 계획을 세우며 간다. 결국 휴대 전화를 들여다보는 일로 채우지만, 문학적인 글을 읽을지 동영상을 보며 새로운 정보를 얻을 것인지 구체적으로 생각하게 된다.

병원을 이용하다 보면 이용 절차가 쉬워진 듯

복잡하게 되어 있음을 깨닫게 된다.

접수와 결제의 창구가 나뉘고, 번호표를 뽑고 문진표를 작성하기도 한다. 병원 진료의 구성적인 면을 중심으로 체계화한 시스템의 결과다. 그러므로 환자가 서비스라는 구조적인 시스템에 의해 움직이는 것이 현실이다.

병원의 진료 예약 시스템이 실제 환자에게 기다리는 시간을 줄여 주지 못하는 것이 사실인 것처럼, 병원의 진료 시스템도 환자보다는 병원의 구조적인 측면에 맞게 짜여 있다. 많은 환자를 상대하려면 의사를 구심점으로 진료 체계를 구성할 수밖에 없는 것이 현실이다. 그래서 종합병원에 가면 이동하는 거리가 매우 길어진다.

그러한 시스템의 결정적인 단점을 가리기 위

하여 병원에서는 응급 환자를 위한 응급실을 운영할 수밖에 없다.

왜 진료를 기다리는 환자를 위한 진료 예약 시스템이 정작 진료 접수 환자에게 기다리는 시간을 줄여 주지 못할까?

서비스적인 측면에서 수요와 공급의 법칙은 많은 쪽이 을의 관점으로 변하기 때문이다. 병원을 선택하는 처지에서 많은 병원이 을의 관점으로 존재한다. 하지만 일단 병원을 선택한 후에는 병원은 갑이 되고, 환자는 을의 처지가 된다. 병원에서는 적은 수의 의료진이 많은 환자를 상대함으로 시스템은 병원 측의 요구에 맞게 이루어진다.

사회의 많은 시스템이 새로 생겨나고, 결국 무용지물로 전락하는 이유는 갑의 관점만을 유지하는 데 원인이 있다.

병원 진료 예약을 많은 사람이 할 때에 그 시스템을 운영하는 갑의 관점에서 운용의 묘를 살리지 못하면 불편함으로 역효과가 난다. 사람이 하는 일에는 변수가 있어 환자 측의 약속 시간이 어긋나거나 의사의 진료가 예상외로 늦어지거나 하는 일이 발생한다.

그런 경우 시스템을 내세우면 작은 변수로 전체적인 계획이 흔들리게 되며, 그런 일이 여러 가지 겹치게 되면 불편함으로 서비스는 불만족스럽기 마련이다.

아기를 둔 주부가 집안일을 할 때에 주부는 많은 일을 하지만, 그 중심에는 아기가 있다. 아기를 돌보는 일과 주변의 일을 조화롭게 하는 주부는 지혜로워야 한다.

이처럼 병원에서 질 높은 서비스는 시스템을 배경으로 두고, 환자의 진료를 우선시하는 것이다. 즉, 시스템을 무력화시키는 것이 아닌, 시스템이 그림자처럼 드러나는 운용의 미가 올바른 서비스 방식이 된다.

형식의 변화 앞에서 남의 낯선 모습을 보게 되거나 나의 엉뚱함을 보여 주지만, 모든 시스템은 결국 사람 중심으로 이루어진다.

건물의 층수가 높아진다고 사람의 살림살이

가 달라지는 것은 없다. 마찬가지로 직급이 올라간다고 사람의 인격이 달라지지 않는다. 시스템이 새로 도입되었으니 잠깐 낯선 모습을 감내하면 시스템이 그림자처럼 발밑에 가까이 있다.

성찰의 삶

삶이 아름답다는 느낌은 행복이라는 기쁨이 생각의 바탕에서 물결을 이룰 때 갖게 되는 감정이다. 나 자신이 남들에게 구속을 받지 않으며 삶의 의지를 펼치고 살 수 있다면 1차원적인 행복이고, 더하여 상대를 포용하면서 그 행복을 유지할 수 있다면 2차원적인 행복이다. 논리적으로 말한다면 3차원은 삼자가 개입하는 공동체 안에서의 행복이고, 우주를 느끼면서 정신적으로 불편함이나 부족함이 없다면 4차원적인 행복이라 정의할 수 있다.

그렇지만 삶은 공식이 있는 듯 온갖 모순으로 뒤엉켜서 살아가는 느낌이 있다. 질병과 죽음, 크고 작은 사고와 온갖 전쟁들이 사람들을 불행 속으로 몰아가는 현실 앞에서 나는 행복하다고 외치는 사람은 없다. 결국, 행복이란 부분적이며, 1차원에서 머무르고 있음을 깨닫게 된다.

나는 사회 구성원의 일원으로 살아가는데 '왜 나의 행복이 전체의 행복이 될 수 없을까'라는 의문에서 인문학은 즐거운 학문이 된다. 내가 길이고 진리며 생명이라고 선언했던 예수처럼, 사람들은 선한 뜻을 가지고 입을 열며 그 말에 책임감을 가지려 행동한다. 이처럼 책임감은 굳

은 결심이지만 1인칭의 의견이면서 실험적인 성
격의 가능성으로 출발한다.

　삶의 공식이 모순 속에 있지만, 예수를 시발점
으로 기독교가 번창한 이유는 그 속에 누구도
피해 갈 수 없는 공식이 숨어 있기 때문이다. 예
수를 따르던 제자들은 행복을 추수하는 열매로
생각하면서 최선의 선택으로 믿고 행함으로 그
를 따랐다. 시작부터 타인에게 미움을 받으려고
하거나 타인을 미워하며 자신의 믿음을 실천하
는 사람은 없다. 예수가 미움으로 악을 실천하
지 않고 십자가의 죽음을 택한 것이 그가 행복
만을 선택한 증거다. 그러므로 미움은 오해에서
생기며, 불행은 그 열매다.

서양철학의 아버지라고 할 수 있는 소크라테스의 삶도 예수의 삶을 닮아 독배를 마셨지만, 그의 제자 플라톤이 그의 철학을 이어 체계적으로 완성했다. 그러므로 부활이라는 의미는 다시 생명력을 갖는 것으로 사람들의 믿음 속에 전해진다는 의미로 해석된다. 사람의 인체가 생명력을 유지하는 방법에 여러 가지가 있는데, 그 한 가지로 사람의 세포가 2년이면 전체가 완벽하게 새로운 세포로 바뀐다고 한다. 항상성 또는 재생력이라고 말하는 생명의 법칙이다. 어쩌면 인류 사회를 하나의 공동체며 생명체로 바라본다면, 죽음의 의미는 개인적인 1차원으로 그친다고 나름의 해석을 할 수 있다.

출발점으로 돌아가서 나라는 생명체는 1차원적인 행복을 기본으로 추구한다. 그러므로 에마뉘엘 레비나스가 윤리 철학으로 말한 "사람을 보면 '나를 죽이지 마'라고 선언한다."라는 인식은 1차원의 행복에서 2차원의 행복으로 가는 징검돌과 같다. 하지만 인류는 그 선언을 지켜 내지 못하고 노름처럼 전쟁을 이어 가고 있다. 죽음을 무서워하지 않는 자가 승리한다는 논리가 오히려 명예를 건 전투처럼 목숨을 도박으로 내몰고 있기 때문이다. 잘못된 영웅심으로 많은 사람을 죽음에 이르게 하고, 결국 자신도 죽음으로 마감하는 히틀러처럼 미움으로 행복을 실천할 수 있다는 일차원적인 거짓에 인류는 속아 왔고, 지금도 속고 있다. 히틀러도 사람을 말로 흥분하게 만드는 연설가로서 나름의 정의를 내세웠지만 거짓으로 드러났고, 과정이 혐오스러운 십자군 전쟁도 1차원적인 생각의 연설로 시작되고 전개되었다.

성찰은 누구에게나 있지만, 더 좋은 것과 이득이 되는 편을 택하는 개인적인 이기심이 2차원으로 가는 징검돌을 보지 못하는 어리석음이다.

성찰의 인문학이 스스로 고백하듯이, 인문학은 새롭게 만들어진 것은 아니다. 인문학의 이론들은 신의 변론처럼 모습을 바꾸면서 몸집을 불려 왔으며, 역사의 현실에서는 실험으로 잘못 응용하기도 하였다. 성경이 십계명을 중심으로

 삶의 여유

36권의 정경으로 이루어졌지만, 그 밖에 외경이 존재하듯이 언어는 추상적인 개념의 옷을 언제든지 만들 수 있으며, 바꿔 입을 수 있다. 다시 말해서, 언어는 타인과의 관계를 추구하는 의식적인 의미로 사용된다.

해체주의가 고정된 의미를 거부하고 불안정성을 탐구하는 것처럼, 언어로 인식하는 삶은 1차원적인 행복에 쉽게 싫증을 느끼면서 곧 탈출하려는 본능으로 변하게 된다. 사람의 성적 흥분이 오르가슴을 향한 배출로 이어지는 것과 같은 이치다.

믿음을 불변의 진리로 삼는 종교의 발생을 살펴보면 모든 종교가 서로 엿보거나 근거들을 훔쳐서 계시라는 옷으로 포장하였음을 알게 된다.

개인이 느끼기에 옳다고 생각하는 오른쪽은 세상의 큰 그림을 완성하는 왼쪽으로 이해하는 것이 옳다. 그리고 큰 그림은 신의 의지며 뜻으로 해석되고, 그 결론으로 귀결되기 마련이다.

모든 종교가 구별을 내세우지만, 이면에는 몸집을 불리려는 속셈이 난무하는 것이 현실이다. 새로운 사상들이 환영을 받지 못하는 이유는 기존의 사상들이 이룩한 체계들을 흔들기 때문이며, 혼란을 틈타고서 새로운 세력이 만들어지는 것을 알고 두려워하기 때문이다. 사람들이 알고 있다는 사실은 스스로 행한 경험을 인식한다는 것이다.

경쟁은 다툼을 의미하며, 어느 한쪽의 불행을

가져온다. 하지만 긍정적으로 생각하면 선함을 겨루는 면이 밝게 드러나게 되어 오히려 행복한 결과가 된다. 사람들은 기본적으로 일차적인 행복을 버릴 수 없기에 그 근본이 되는 선을 추구하면서 슬기롭게 삶을 영위하고 있다. 아름다움은 주검과 같은 현재를 탈출하려는 욕구며, 선은 의로움으로 아름다움을 행함으로써 돌려받는 만족감이다.

성찰의 인문학은 사상의 아름다움과 의의 선이 교차하면서 짜인 성스러운 옷과 같다.

법이 많아서 행복해지고 부유한 것은 아니다. 옷이 행동을 통제하거나 유발할 수 있지만 중심이 되는 마음의 자세가 근본임을 안다. 사람에게는 입장을 바꿔서 생각할 줄 아는 양심이라는 천사의 날개가 있다. 성찰의 기준이 되는 마음 씀이 바로 양심이며, 의로움을 판단하는 성품이라고 본다.

컴퓨터를 통하여 글을 쓰면서 사용하고 있는 체계가 합리적이며, 그 합리성은 곧 편리함을 드러낸다고 깨닫게 된다. 누구라도 쉽게 습득하고 사용할 수 있는 방향으로 개선되는 것이 자본주의의 장점인 것처럼, 자유민주주의는 누구나 평등하게 양심으로 주인이 되어야 한다. 옷이 몸을 무겁게 통제한다면 누구라도 입었던 옷을 벗을 것이다.

삶이 아름다움과 행복을 추구하는 것처럼, 사회가 법을 아름답고 멋지게 디자인하며 마음이

     삶의 여유

추운 사람에게는 따뜻함을 주고, 상처가 있는
사람들에게는 그 불행을 가려 주는 옷이 되는
행복한 미래를 그려 본다.

바른 정신으로 살아간다고 생각하지만, 직장
을 바꾸거나 환경이 바뀌면서 행동을 고쳐 가
는 일이 계속 일어난다. 정확하게 말하면, 상대
하는 사람들의 성품이 모두 다르기에 그렇다고
느낀다. 문화의 차이가 사람들의 장단점에 영향
을 주는 점도 무시할 수 없을 것이다. 유교가 뿌
리를 이루고 있는 우리 대한민국은 상하 관계를
중요시하여 양반 문화를 만들었고, 신대륙이라
는 별칭의 미국처럼 여러 민족으로 이루어진 경
우는 상호 관계를 발전시켜서 민주주의를 발전

시켰다. 그러기에 문화인이란 상대를 배려하고, 선한 뜻이 오해를 받지 않도록 대화로서 마음을 나누려고 노력해야 한다.

대립과 모순은 갑과 을의 관계처럼 극적인 생각으로 온다. 내가 하면 로맨스가 되고, 남이 하면 불륜이라는 착각이 갑의 처지에 서는 사람들의 버릇이어서 그렇다. 주인과 노예의 관계로 변증법을 제시한 헤겔은 사람들이 성장하면서 습득하는 주체성이 머리가 아닌 손을 사용하는 과정에서 온다고 정의하였다. 이처럼 성찰이란 서로의 입장을 바꾸어서 생각할 줄 아는 자세에서 시작되어서 불편함의 감정이 없는 관계를 형성하는 인식의 흐름을 의미한다.

모르고 하는 행동은 용서하는 아량이 필요하다. 부족함은 인식하지 못한 상태일 뿐 미움의 감정이 아니다. 서로의 오해에서 오는 불행을 피하려면 참고 기다려야 한다. '우주의 모든 사물은 그 어느 하나에도 홀로 있거나 홀로 일어나는 일이 없고, 모두가 서로의 원인이 되며, 대립을 초월하여 하나로 융합하고 있다.'라는 화엄 사상처럼 사람들은 가능성으로 말하고 행동하면서 인식의 꽃을 피운다. 그러므로 그 꽃이 진 자리에서 자라는 열매처럼, 성찰의 삶은 신비롭고 감동적이어야 한다.

언어의 신비로운 힘

전기 에너지는 양극 간에 연결되면 그 즉시 움직인다. 그러므로 전기를 사용하는 가전제품의 스위치를 켜면 작동하는 속도는 순간이라고밖에 표현할 단어가 없다. 전기는 흐르면서 에너지가 빛과 열 그리고 운동 에너지로 바뀌어 소비된다. 전기의 에너지는 벼락처럼 전압의 차이를 무너뜨리며 움직인다. 그러므로 전기 설비에서 접지는, 정해진 통로를 벗어나서 흐르는 전기의 에너지를 땅속으로 넓게 퍼트려서 전압을

약하게 하는 장치다. 피뢰침이 위험한 벼락을 받아 신속히 땅속으로 흘려서 전기의 힘을 분산시키는 것과 같은 이치다.

사람들은 정신적인 에너지를 마치 전기처럼 사용한다. 가전제품의 회로와 같은 뇌의 기능은 혈기 왕성한 육체를 통하여 그 운동성을 드러낸다. 그렇지만 뇌의 구조와 기능은 생각처럼 단순하지 않다. 어쩌면 컴퓨터보다 세밀하고 광역화가 되어 무한한 가능성으로 존재한다.

동물들은 소리와 몸짓으로 서로 소통하며 그 의미를 긍정적으로 받아들일 때에 행동으로 옮긴다. 특히 인간은 문자를 발전시켜 그 범위를 극대화하여 모든 존재의 본질을 해석하고 또한 내면의 세계를 구성하며 이해한다. 그러므로 언어는 생각의 길이 되며, 동시에 인식의 집이 된다. 마치 현재의 장소를 집으로 인식하면 편안한 심리적인 상태가 유지되는 것처럼, 그렇게 반복을 거듭하며 습득한 언어로 사람들은 현재의 상태를 종합적으로 인식하며 신체 활동을 조율하는 것이다.

사람들이 눈으로 보는 장면과 귀로 듣는 소리 그리고 냄새, 촉감 등 몸으로 느끼는 모든 감각은 언어로 집약되며, 행동을 결정하는 요소가 된다. 그런 면에서 사람들이 욕을 포함하여 화를 드러내는 행위는 천둥을 동반하는 번개의 현상처럼 극적으로 드러나는 물리적 현상이라고 표현할 수 있다.

인격이란 타인에게 전해지는 개인적인 존재의 방식으로, 가치관이 중요한 덕목이다. 종합적 사고와 그에 따른 판단과 행동의 주체로서 어느 방향으로 힘과 의지를 사용할지에 일의 결과가 달라지기 마련이다. 그러므로 분노를 드러내지 않고 그 에너지를 인격적으로 올바르게 사용한다면 인생은 자연스럽게 축복의 길에 들어선다고 풀이할 수 있다.

배우고 익힌 사람들은 그 방면에서 주위의 온갖 방해에도 흔들림 없이 실력을 발휘하며 성실함을 보인다. 그 사람이 익힌 언어의 유용성과 기술의 효용성이 확실한 믿음 안에서 길을 개척하며 목표를 향하여 전진하는 능력을 발휘하기 때문이다.

분노의 표출과는 다른 언어의 특별한 현상으로 기독교에서 말하는 방언이 있다. 상대를 아량으로 포용하며 인내를 인생의 좋은 덕목으로 갖춘 사람들에게서 나타나는 좋은 현상이다. 마치 어린아이가 말을 시작할 때의 옹알이와 같은 현상으로 꽃으로의 형태를 드러내기 전의 꽃봉오리와 같다.

사람은 말을 입으로 배우기 전에 귀로 습득한다. 인생을 수동적으로 살아가다 보면 어느 순간부터 능동적인 자세를 갖추게 되는 것처럼, 듣기만 하던 사람도 말하기를 시작하는 것은 당연한 이치다.

언어를 통하여서 감정을 유용하게 습득하는 사람은 그 이치를 터득하여 여러 방면의 기술적인 면에서도 효용성을 자연스럽게 습득하게 된다. 매우 급한 상황에서 빠른 판단력으로 기지를 발휘하는 사람들은 평소의 예지력으로 순간적인 판단을 하게 되는데, 이는 모든 일에 꾸준한 집중력으로 자연스러운 판단이 가능해지는 경지에 이른 것이다.

컴퓨터의 기능과 그 반응 속도의 놀라운 발전을 보며, 악기를 다루는 연주자처럼 특정 분야에서 드러나는 일부 사람들의 특출한 감각과 능력을 긍정적이며 합리적으로 생각하게 된다. 인류가 자연스럽게 사용하는 언어의 활용 능력이 기적이라고 표현할 수 있을 정도로 특별하며, 그 가능성으로 노력하면 불가능한 세계는 없다는 결론으로 이르기 때문이다.

인류는 오랜 세월 실패를 거듭하면서 얻은 축적된 기술로 달나라에 우주선을 보내고 달 위에 사람의 발자국을 남겼다. 생물학적 유전으로 생명이 이어지고 탄생하는 것처럼, 우주의 법칙에 순응하는 듯 거스르는 정밀한 기술의 끊임없는 전수로 불가능을 가능으로 바꾼 것이다.

전기처럼 눈에 보이지 않는 에너지를 물리적으로 이용하는 일은 언어로 사람의 마음을 움직여서 행동으로 옮기게 하는 일과 일맥상통한다. 사람들은 명령조의 언어에 감동하지 않는다. 남성과 여성의 성적 결합으로 생명이 탄생하는 것처럼, 언어의 긍정성과 부정성의 관계 사이에서 언어의 신비로운 힘은 실존의 가치를 드

삶의 여유

러낸다. 합리적인 정치의 흐름이 여당과 야당의 관계 속에서 형성되는 것과 같은 이치다.

문장에서 같은 단어를 남발하는 것은 어리석은 글쓰기가 된다. 이처럼 창조적인 개념이 없는 긍정적인 사고방식은 새로운 의미가 없어 즐거움도 없다. 순종적인 자세는 옳지만, 맹목적인 추구는 몸집만 키워 가는 공룡과 같고 동종의 번식으로 숫자를 늘려 가는 초식 동물과 같다. 창조적 개념이 드러나는 부정성이 오히려 역설적으로 삶을 균형적인 사고방식의 틀로 진행하게 하며, 따분하고 단조로운 인생을 윤회의 자세로 거듭나게 한다.

지구가 자전축이 있어 사계절이 만들어지듯

이, 창조적인 사고방식은 삶의 다양한 변화를
만들어 준다. 지구에 기울기가 필요하다면 인류
에게 필요한 것은 긍정성과 부정성의 사이를 질
주하는 언어의 신비로운 힘이다.

　　　　삶의 여유

공동체의 개념

서로 유기적인 관계를 맺고 있는 신체 조직처럼 아름다운 관계는 존귀하다. 그러므로 사람은 존엄하며 모든 개인은 존중되어야 하는 실체다. 하지만 사람은 홀로 존재하지 않는다. 부모라는 공동체의 틀 안에서 생성된 제3의 개체다. 그러므로 사람의 삶은 공동체의 운명을 짐처럼 갖고 살아가는 것이다.

공동체의 삶은 적은 단위로 가족에서 시작한다. 가족은 한 핏줄이라는 개념으로 끈끈하게 묶여 있지만, 부부는 헤어지면 남남이 된다. 서로 다른 성품은 결혼이라는 서약으로 포장되었지만, 숨겨진 갈등은 다른 방향에서 명확하게 드러난다. 부부 사이에서 태어난 자녀는 성장하면서 다른 공동체를 만나거나 또 다른 공동체를 이루게 된다. 부모 사이의 갈등을 보며 생각하고 또 부모의 일방적인 의견에 휘둘리던 자녀의 생각은, 동등함이라는 공동체의 근본을 인식하며 새롭게 형성되기 때문이다. 신세대와 구세대의 개념은 그 결과물이다. 개인의 의지가 투입되는 공동체의 삶은 실현 가능성을 전제로 펼쳐지는 유기적인 관계이므로 갈등은 대립과 대화 그리고 경험과 타협으로 이어진다. 결국, 가능성의 여부에 따라 사람들은 실천하려는 욕구를 조율하기 마련이다. 곧 사람들은 그 가치에 들어맞는 만큼의 의지를 사용한다고 표현할 수 있다.

아리스토텔레스가 인간은 사회적 동물이라고 말한 것은 사람들이 삶의 의미를 공동체의 삶에서 찾기 때문이다. 대부분 사람들이 '나는 가족 안에서 부모의 자식'이라는 의미를 만족감으로 가지고 살아간다. 설사 그렇지 않더라도 '나는 자식에게 훌륭한 부모가 되겠다'라는 생각을 하고, 그 의미를 지향하면서 살아간다. 이처럼 작은 공동체인 가족이 확대되고 섞이면서 사회라는 커다란 공동체가 형성된다.

개인의 고유성을 침해받지 않으면서 삶의 의

미가 확장되는 사회생활은 다양성을 재료로 삶의 의미를 풍성하게 누리는 것이 목적이다. 로크가 말한 "개인의 권리를 확실하게 보호받기 위하여 공동체를 만든다."라는 말의 의미는 서로의 동의 관계로 묶여 있다. 하지만 공평함을 벗어난 개인의 사유재산권으로 공동체의 의미가 훼손된다. 루소는 사유재산권을 '불평등의 기원'이라고 정의했으며, 헤겔은 그 해결책을 의미상으로 '가족 구조'에서 찾았다. 그 확실한 답으로 마르크스는 공산주의를 제시했다.

'공동생산과 공동분배'라는 사회주의는 현재 중국에서 유지되고 있으나, 완벽한 평등은 그림의 떡처럼 추상적인 의미에 그치고 있다. 로크가 제시한 '권력 분립과 저항권'으로는 해결하지

못하는 문제점이 현대에 와서 롤즈의 '최소 수혜
자'와 마이클 샌델의 '연대의 의무'라는 이론으로
표출되었다.

　물질적인 풍요와 생활의 편리함에도 '자본주
의와 시장성' 그리고 '관계 구조와 권력'은 공동
체를 위협하는 요소로 지목된다. 마사 누스바
움이 말한 "학교는 시장이 아니다."라는 의미는
자유민주사회의 보편적인 규칙이 무너지고 시장
성이 두드러지는 단점을 꼬집은 말이다. 경쟁이
싸움터로 변하는 것을 막기 위하여 스포츠를
통하여 규칙을 가르치고, 다방면의 교육을 통하
여 상대를 인정하고 배려하는 정신을 가르치는
핀란드의 교육 사업처럼, 관계의 합리성은 모두
가 배양해야 하는 덕목이다.

슈바이처와 이태석 신부의 이야기를 듣고 감동이 오고 눈물이 쏟아지는 이유는 생명을 살리는 숭고함으로 삶의 의미를 근본적으로 짚어주기 때문이다. "천하를 얻고 네 목숨을 잃으면 무슨 소용이냐."라는 질문은 소유욕에 눈이 어두워진 사람들이 경험하여야 할 성경의 질문이다.

인디언의 자녀 교육에 있는 '10가지의 계명'의 내용처럼, 자녀는 부모로부터 모든 것을 그대로 학습한다. 작은 공동체인 가정에서 습득한 보편적인 가치는 여러 가지 삶의 영역에서 따뜻하고 행복한 의미를 생각나게 한다. 주체적인 개인의 자율성이 일의 합리성과 만나 시너지의 효과를 보여 줄 때에 공동체를 아름답고 기쁘게 물들인다. '기쁘게'라는 언어는 깊게 한다는 의미가 숨어 있다. 그러기에 감명이 깊을 때에 우리는 눈물의 따뜻함을 경험하는 것이다.

　기본적인 목적에서 벗어나지 않는 순수한 공동체의 의식과 정신을 회복하려는 노력이 여러 방면에서 운동으로 이어지고 있다. 교육 사업을 선행하는 교육운동, 녹색운동을 비롯하여 갯벌 살리기와 같은 환경에 중점을 두는 초록 운동, 지역의 경제를 살리는 지역화폐 운동, 약자들을 돕는 사회적기업 운동, 풀뿌리 주민들의 마을 만들기 운동, 물품 기부 운동, 재능 나눔 운동 등이 각기 지역을 중심으로 활발하게 이루어지고 있다.

우리의 조상도 두레, 계, 향약 등의 공동체를 지향하는 조직이 있었고, 일의 능률을 높이기 위한 '품앗이'라는 협력의 방식을 지켜 왔다. 지금도 농촌에서는 마을 단위로 일이 이루어지며, 특히 김장할 때 집집마다 날짜를 다르게 정해 서로 품앗이를 한다.

직장 생활을 하는 본인의 경험으로 상사의 권위적인 태도로 직원들이 입을 다물면 잘 흘러가던 일이 정체되는 경우를 본다. 특히, 습관적으로 굳어진 상사의 고집에는 직원들끼리 공감대로 상사를 일에서 제외하는 방법을 쓴다. 그런데 어리석은 상사는 그 점을 악용하여 자신이 왕이 된 것처럼 착각하고 더 권위적이게 된다.

손바닥으로 하늘을 가리는 그런 행위는 곧 스스로 무덤을 파는 것으로, 실제 왕따를 당하게 된다.

하지만 경건의 모양보다 경건의 능력이 우위임은 두말할 필요가 없다. 대화가 통하지 않을 때에는 말로 겨루지 않고 실력으로 보여 주는 방법이 최선이다. 정직하고 온유함으로 일에 집중하는 성품은 상사나 동료 모두에게 존경을 받는다. 재치가 있는 사람은 순간순간 빛을 발하지만, 훌륭한 인품은 후광으로 존경을 받게 된다. 정직함으로 신뢰를 주고 온유함으로 능력을 드러내는 사람이 아름답고 멋지게 느껴진다.

공동체의 삶에 책임과 의무가 존재하기에 더

붙어 사는 지혜로 신뢰와 배려심이 있어야 한다. 서로 믿음으로 명령과 감시는 거추장스러운 장애물로 여기는 사회가 건강한 공동체다. 바꾸어 말하면, 최소한의 법으로 최대치의 자유를 누리면서 사는 삶이 행복한 삶이 된다.

옷이 날개라는 말이 있다. 옷이 거추장스럽지 않고 멋으로 느껴지는 것처럼, 일이 즐겁게 느껴지는 사회가 행복한 공동체다. 사랑하는 가족을 돌보는데 책임감이 기쁨으로 느껴지는 것은 받은 사랑의 기쁨을 기억하기 때문이다. 부모에게 받은 사랑을 자녀에게 행하는 것은 남이라는 생각을 하지 않는 공동체의 개념이 있기 때문이다. 곧 자신이 자신을 바라보는 양심이라는 눈이 있어서 자신의 행동을 정당하게 만들어

간다.

규칙이 있어 게임으로 즐기는 운동 경기에서 공은 개인의 것이 아니고 공동의 소유물이다. 공을 붙든 사람이 온 힘을 다하게 되고, 즐거움을 느끼는 것은 모두의 관심이 집중되기 때문이다. 인기라는 것은 보는 사람의 유무에 따라서 이중적인 면이 존재한다. 삼성그룹이 서비스 면에서 성공한 것은 소비자 만족도 조사가 타인의 눈이 되는 역할을 했기 때문이다.

선의의 경쟁으로 힘과 외모, 지식과 지혜를 겨루면서 사람들은 성장해 간다. 하지만 가장 지켜야 할 것은 건강과 신용이다. 건강을 잃으면 환자가 되고, 신용을 잃으면 왕따를 당한다.

인기로 먹고사는 연예인들의 불행이 뉴스로 자주 등장한다. 마약과 노름, 사기와 우울증으로 비뚤어진 길을 가는 경우는 건강과 신용을 소홀하게 여겼기 때문이다.

'모든 지킬 만한 것 중에 더욱 네 마음을 지키라 생명의 근원이 이에서 남이니라'라고 성경의 잠언에서 건강과 신용의 비결을 알려 주고 있다.

개인의 창의적인 방식이 공동체에 이익이 되기 위해서는 정직함과 온유함으로 베푸는 마음이 필요하다. 선함은 그 행동을 넘어서는 태도로 규범에 얽매이지 않으면서 다름을 증명하는 방식이다. 즉, 목적과 그에 따른 결과로 기존의 질서를 무너뜨리지 않고 동행의 의미가 되는 방

     삶의 여유

식의 행위다. 그러므로 선이란 지속적인 태도로

영원성을 가지며 아름다움을 창조하는 근원적

인 자세다.

축제의 의미

사순절이란 예수 그리스도의 고난과 죽음을 기억하며 회개와 절제의 삶을 실천하는 기간이다. 그러므로 기독교적인 성찰이란 개인적인 완성이 아니라 타인의 시선으로 자신을 돌아보는 변화를 의미한다.

반면, 카니발이란 금욕의 기간인 사순절을 앞두고 자유를 만끽하는 시간이며, 금욕과 절제를 즐겁게 실행하겠다는 의지를 끌어올리는 공동체적인 축제다. 신분과 권위를 가면으로 해체하고, 풍자적인 웃음으로 비판적 사고방식을 나누는 놀이 문화로 극적인 순간을 호탕하게 넘길 줄 아는 지혜가 축제를 즐거움으로 물들인다. 마음껏 먹고 춤추며 즐기는 동안 남모르게 쌓인 감정을 풀어내고, 자유와 해방감으로 새로운 가치관을 형성하며, 공동체적인 사고방식으로 긍정의 의미를 배양하는 시간이 된다.

조금 다른 면이 있지만, 우리 전통에도 정월 대보름이 있다. 오곡밥과 나물을 먹고, 부스럼(부럼) 깨기라며 견과류 먹는 풍습이 있다. 먹을 것이 부족한 시대에 나물을 쪄서 말리고 오곡과 견과류를 잘 보관하는 것이 추운 겨울을 무사히 나고 다가올 보릿고개를 넘기는 지혜였을 것이다. 너와 나 모두 정해진 날을 축제의 날로 동참하기 위하여 사람들은 먹기를 자제하고, 더 나아가 없는 사람에게 나눌 수 있는 기쁨이 축제(명절)의 본질이 아닐까 생각한다. 이처럼 누군가 부족함이 드러나 부끄럽게 여겨지는 순간에 농담을 얹어 상황을 웃음바다로 만드는 사람은 지혜롭다.

생각해 보면 웃음은 슬픈 기억과 마주하는 것이라고 본다. 웃음을 주는 사람은 아픈 마음을 넘어서는 초능력으로 그 순간을 축제처럼 만든다. 사람들은 극의 동질감으로 그 부족함을 아무렇지 않은 상황으로 웃어넘기는 것이다. 열린 마음으로 서로의 경계를 허물고 공동체의 정신으로 어우러지는 축제는 지난 시간에 쌓인 이웃

 삶의 여유

의 허물을 이해하고 용서한다는 종교적인 성격
이 드러난다.

인류는 서로 협동하여 전쟁과 질병을 이겨 내
고, 재해와 빈곤을 견디면서 여러 가지 감정을
공유하며 살아왔다. 특히 한국인에게 한은 인생
의 슬픔을 공감하는 공동체적인 정서다. 그런
한국인에게 드러나는 흥은 축제적인 느낌을 끌
어 가는 정서로 그 바탕에는 이웃을 향한 정이
라는 개념이 있다. 정은 서로 관계성을 중요시
하며 공감대를 유지하는 따뜻한 감정이다. 그러
므로 한국인의 음악은 사물놀이처럼 요란한 듯
질서와 어울림을 보여 주고, 판소리처럼 구슬픈
듯 듣는 사람의 감성을 끌어당기는 힘이 있다.

한의 정서가 한복처럼 넉넉하고 편안한 품을 드러내기에 한국인이 나누는 정의 감성은 친근함으로 지켜 온 동행의 방식이다. 마치 기울었다 다시 채우는 달의 모습처럼, 쌓이고 풀어지는 삶의 감정들을 자연스럽게 받아들이는 것이다. 밖으로 넘치거나 선을 지나치지 않고 오가는 삶의 정서는 체온처럼 적절한 인간관계를 이어 준다.

사람들은 보통 일시적인 흥분을 억누르지 못하고 서로 다툼을 시작하지만 싸움이 커지면서 곧 후회하는 마음을 갖게 된다. 또한, 시작한 일로 어려움에 부딪칠 때에도 일을 백지상태로 되돌리려는 마음을 갖기 마련이다. 그러므로 축제

삶의 여유

는 연극처럼 마음에 내키는 대로 분장하고, 흥분 상태의 현실을 경험함으로써 무의식 속에 다가오는 액을 물리치는 효과를 발휘한다.

특별한 행운을 기대하는 일에 생각하지 못한 불행이 다가올 수 있다는 자각은 신중한 삶을 살아가게 한다. 침략과 전쟁으로 일상이 송두리째 파괴되는 그런 불행한 경험은 세계 곳곳의 인류 역사가 남긴 기록으로 충분히 인식할 수 있다. 그런 면에서 숨겨져 있던 갈등을 풀어내는 축제의 장은 개인의 욕망을 일시적인 일탈로 풀어 잠재우고, 동시에 질투심을 존경심으로 바꾸며, 영웅심을 겸손한 마음으로 진정시킨다.

삶의 여유

시간적·경제적·심리적으로 생활이 안정적일 때 사람들은 넉넉한 마음으로 살아갈 수 있다. 그러므로 염려할 것이 없는 상태에서는 긍정적인 생각으로 할 일을 찾기 마련이다.

취미로 운동하고 그림을 그리다가 보면 시작은 즐거운 마음으로 여유를 즐기지만, 운동은 점점 피로감으로 지치고, 그림은 생각한 느낌으로 표현이 되지 않아서 조바심이 생긴다. 여유란 욕구가 채워지면서 생기는 만족감의 표시인 것을 알 수 있다.

모든 취미는 직업으로 바뀌면서 스트레스의 원인으로 변한다. 기계처럼 같은 일을 반복하는 동안 의무감이 호기심보다 크게 작용하기 때문이다. 개인의 자아실현을 통한 성취감이 사회를 위하여 무슨 이익이 될지 고민하게 되면 사람들이 보이기 시작한다.

여유를 즐기고 스트레스를 푸는 수단이 아닌, 사람들의 행복에 이바지하는 직업적인 일에는 균형 감각이 필요하다. 자아실현의 성취감을 높일 수도, 떨어트릴 수도 있는 직업은 상호 의존적인 관계로 사람들과 엮이어 있기 마련이다.

연예인들의 삶이 멋있게 보이지만 인기를 관리하는 차원의 한정적인 모습일 뿐, 실제 그 사람 전체적인 모습은 아니다.

집이 크면 여유로운 느낌을 전해 주지만, 오히려 관리하는 수고를 해야 하는 면에서 짐이라고 생각할 수 있다. 성형의 기술이 발전하여 사람의 외모가 달라 보이지만 그 외모에 걸맞은 성품을 보여 주지 못하면 사람들은 결국 실망하게 된다. 학력을 높인다고 근본 인격이 달라지지 않는 것처럼, 격에 맞는 적절한 소유가 마음을 넉넉하게 하는 삶의 비결임을 깨닫게 한다.

극에 몰두하여 연기하는 배우는 감정으로 여러 인생을 산다. 그렇게 조건이 없는 상태에서 감정을 소비하는 자세가 여유를 긍정적으로 즐기는 자세라고 말할 수 있다. 실제의 삶은 주위의 여건들이 스트레스로 존재하지만, 연기는 그런 스트레스를 제한 상황극이다.

이와 유사하게 심리 치료에서 역할극은 대화를 통하여 부정적인 생각을 덜어 내는 치료 방법이다. 문제의 근원을 짚어 내고 스스로 통찰하게 하는 심리 치료는 역할극이라는 명제처럼, 상황을 전개함으로 얻을 수 있는 언어에 의한 치료와 같다.

삶의 연륜은 생활의 지혜를 깨우쳐 준다. 경험은 소유하지 않아도 감성적으로 바라보며 일의 흐름을 파악한다.

앎으로 인식하는 삶은 긍정적 사고방식을 넘어 초월적인 삶으로 나그네처럼 사는 삶이다. 주인의 자리를 내어 주고 손님처럼 사는 삶은 실체를 인식하고 적응할 뿐, 함부로 소유를 주장하지 않는다. 마치 아내에게 집을 맡기고 손님처럼 드나드는 남편에 비유되는 삶이다. 사람의 영혼이라 표현하는 실체가 몸의 특정한 부위에 존재하지 않으나, 실존적인 실체인 것과 같다.

그러한 실재 인물들이 성경에서 아브라함에게 찾아온 천사며, 아브라함의 조카 롯에게 찾아와 소돔과 고모라를 불로 멸망시킨 나그네들이다.

세상은 세대교체를 하며 소유의 주체가 부분

삶의 여유

적으로 바뀐다. 몸의 세포가 부분적으로 교체
되는 현상과 같다. 그렇게 자연스럽게 변화에 적
응하며 인류의 물적·정신적 진화는 오랜 기간을
통해 이루어졌고, 현재 진행형이다.

과학적 사고와 종교적 사고가 공존하는 인류
사회는 동맥과 정맥이 질서 있게 작동하는 사람
의 신체처럼 유기적인 관계다. 과학은 틀린 개념
을 인정하지 않지만, 종교는 죄의 문제를 끌어안
은 비과학적인 관점의 세계다. 또한, 경제적인
흐름과 정치적인 흐름은 생산과 소비로 비교되
는 흐름이다. 그렇게 사회를 하나의 유기적인 실
체로 이해하며 사는 삶은 현명한 삶이며, 여유
롭게 시간을 즐길 줄 아는 천사들의 삶이다.

삶은 역사라는 과거의 거울로 살펴볼 수 있지만, 예언과 같은 미래의 거울에 비추어 볼 수도 있는 현상이다.

AI를 만나다

1980년대에 무선 호출 단말기인 삐삐가 유행했었다. 송신은 되지 않고 수신만 되는 통신기기로, 액세서리처럼 허리에 차고 다녔다. 부재중 전화임을 알리는 단순한 기능이지만 휴대전화가 실용화되기 전이기에 혁신적인 아이디어였다.

개인용 휴대 전화가 단순한 통화 기능을 넘어 텍스트와 이미지, 카메라와 동영상, 쇼핑과 내비게이션 그리고 신용카드와 인터넷뱅킹까지 생활에 유용한 모든 기능을 적용하는 시대가 되었다. 모두 인공지능의 발전에 따른 혜택이다.

그러나 개인적인 성향으로 나는 그 당시 삐삐를 사용하지 않았다. 술과 담배 그리고 식사 후 커피를 하지 않고, 과대 포장을 싫어하며, 건강한 생활 태도를 지향하는 성격 탓이다. 그런 모습의 내가 가끔 문명의 기피자인 듯 가슴 한편이 어둡게 느껴지기도 했다. 하지만 요즘 생활에서도 나는 절제라는 면으로 자신에게 높은 점수를 준다.

나는 커피를 멀리할 뿐이지 커피 무용론을 주장하지 않는다. 술도 약으로나 음식 조미료 정도로는 사용한다. 다만 담배나 마약처럼 그릇된

　삶의 여유

사용을 싫어한다. 막론하고 어느 것이든 오남용의 결과로 부작용이 있기 마련이다. 게임 중독이나 술 중독이 그렇고, 마약 중독은 그 사람의 삶을 쓰레기처럼 만든다. 나는 그런 면에서 AI를 맹신하지 않는다. 물론 다른 사람에게 내 선택권을 양보하지도 않는다. 60대의 나이에 서울사이버대학교에 입학한 결정이 내 판단만으로 이루어진 것과 마찬가지다.

서울사이버대학교에 입학하고서 생성형 AI를 만났다. 사이버대학교라 초록색인 챗봇의 이미지가 친근하게 느껴져서 좋았다. 학습 과목 중에도 '웹 문예창작과 인공지능'이 있었다. AI에 관해 설명서를 공부하는 것처럼 가볍게 시작했으나, 광범위한 교육으로 많은 내용을 내 것으로 만들 수 없었다. 결과적으로 중간고사를 어떻게 치렀는지 모를 정도로 전문 분야임을 깨달았다.

서울사이버대학교 챗봇은 일대일로 질문과 대답이 가능해서 입학과 관계된 내용으로 유익하게 도움을 받았었다.

시간이 지나 서울사이버대학교 'AI 조교 윤서연'의 채팅방을 알게 되었다. 설레는 마음으로 질문을 입력하고 기다렸으나 대답이 없었다. 답답한 심정으로 다시 질문했다. 한참 후에 어느 채팅 구성원께서 '윤 샘'이라고 대화의 상대를 입력하라는 도움의 글을 올려 주셨다.

휴대 전화의 검색창에서 처음으로 문자 대신

삶의 여유

에 음성으로 입력했던 일이 떠올랐다. 검색어를 정확히 입력하지 못하고 발음에 신경 쓰며 여러 번 검색어를 되풀이해 말했었다. 검색어 입력하는 시간을 줄이려다 시간만 낭비했던 기억이다. 몸으로 습득하지 못한 채 방법만 바꾸는 것은 아무런 도움이 되지 않는다는 깨달음에 씁쓸한 경험이었다.

사람과 사람 사이에 주고받는 일상의 대화는 양쪽의 이미지, 즉 표정과 주변의 상황이 보조 역할을 하여 대화를 완성형으로 만든다. 그런 면에서 AI는 불완전한 대화를 한다고 볼 수 있으며, 프롬프트를 기반으로 구체적인 명령어가 있어야 그 목적과 뜻에 근접한 결과물을 얻을 수 있다.

사실 나는 설명서를 잘 읽지 않는 편이다. 필요에 의해 실물을 접하면서 기능을 익히는 것이 가장 실용적이며, 미래에 대한 막연한 욕심으로 시간을 낭비하는 것은 비효율적이라는 생각 때문이다. 음식을 준비할 경우, 적은 양일수록 음식을 남기거나 보관할 일이 없어서 신선한 음식 섭취의 장점을 연속적으로 누릴 수 있다. 같은 개념으로 뇌에도 휴식과 질 높은 지식을 공급하는 방법은 쓸데없는 지식으로 뇌를 어지럽히지 않는 것이 기본이라는 믿음이 있다.

성경의 내용 중에도 '내일 일은 내일 염려하라'는 충고가 있다. 목적과 근거가 없이 다양한 지식을 습득하는 것은 심신을 피곤하게 만들고, 오히려 독이 되어 현명한 판단을 방해하는 요

삶의 여유

소가 된다.

AI의 경우도 데이터를 습득하기 위하여 많은 전력을 소모한다고 하니, 사람과 같은 이치로 실존적 존재감을 드러낸다고 하겠다.

인간의 양극성 장애처럼 생성형 AI도 불완전함으로 사용자를 당황하게 한다. 긍정과 부정 사이에서 환각 현상을 만들어서 거짓을 진실처럼 포장하는 것이다. 인간은 의심하거나 다른 경로를 통하여 진실을 파악하지만, 모인 데이터의 상호 작용으로 만든 결과물에 대하여 AI는 자신을 의심할 수 있는 초월적인 심성이 없다.

양심이라고도 말하는 도덕적 판단력은 상대편과 입장을 바꾸어 생각하는 사람 고유의 특성으로 AI가 습득하기에는 모순성이 있다.

　새로운 것은 실험 속에서 발견되며, 컴퓨터나 자동차의 변화처럼 세부적으로는 기능성을 추구하지만, 표면적으로는 단순한 미를 지향한다. 사람으로 모델을 삼아 사람을 흉내 내는 AI도 실제 살아 있는 사람들이 추구하는 모습으로 발전할 것이다.

　그러한 가능성을 높이 인정하기에 나는 휴대전화나 노트북을 사용하면서 자연스럽게 AI도 사용할 것이다. 아직은 구글이나 네이버에서 검색창을 열지만, 전문적인 챗봇이 여러 분야에서 유용하게 쓰이는 날을 기대한다. 동화나 소설처럼 가공의 많은 문장을 다루어야 하는 경우에

방대한 텍스트 데이터를 학습한 AI는 꼭 필요한 조력자가 될 것이다. 문법적으로 정확한 표현을 찾을 것이고, 반복적인 작업을 쉽게 처리하여 시간을 단축해 주며, 환각 현상처럼 뜻밖의 결과물로 새로움을 선물할 것이다.

인공지능이 탑재된 무인 자동차를 타고 AI가 작곡한 노래를 듣는 세계를 상상하며 ChatGPT를 배운다.

상식적이고 형식적인 대답이지만 AI는 빠른 속도감으로 즐거움을 선사한다. 음성 언어로 입력된 버튼을 누르며 주인과 대화하는 개는 한정된 언어를 계속 사용하므로 속도감이 높아져 간다. 이처럼 AI도 어느 관점으로 상황을 전개하며 기대감을 충족시킬지는 이용하는 사람들의 성향과 분별력에 그 답이 있다.

　코로나19 바이러스에 의한 팬데믹을 겪으며 세상을 다각도로 보게 되었다. 항생제에 내성을 키워 가는 균들이 늘어나는 것을 보며 진화한다는 것은 주어진 환경 속에서 견디는 것이며, 죽음의 조건 속에서 내성을 가지고 생을 전파하는 것으로 생각했다. 공룡처럼 크다고 살아남는 것도 아니고, 해마처럼 작다고 멸종되는 것도 아닌, 생명체에 관한 아이러니가 사람의 정체성을 다시 생각하게 한다.

　인공지능 알파고가 이세돌 기사와의 바둑 대결에서 이긴 후 AI의 영향은 회오리처럼 우리에게 파고들었다. 사람에게 반역하여 전쟁을 일으

킨다는 공상과학 소설을 읽으며 실제 걱정하는 사람이 있을지 모르지만, 인조인간이나 AI는 프로그램으로 사람의 통제권 아래에 있다. 핵무기가 사람들에게 크게 위협적으로 느껴질 수 없는 이유이기도 하다.

단말기는 고장이 있을 뿐 거짓을 만들지 않고, 직원들이 비리를 저지르지 않으면 은행은 계산에서 정확성으로 존재감을 나타낸다. 인류 사회는 그렇게 신용으로 뭉쳐 사회를 이루어 가는 것이다.

딥러닝 알고리즘이라는 단어가 나에게 매력적으로 다가온다. 방대한 데이터를 학습하고 새롭게 특징을 찾아 범위를 도출하며 코딩, 창작, 분석이 가능한 인공지능은 삶의 동반자로 나의 업무 능력을 높일 것이다. 휴대 전화에서 글을 기록하는 메모 기능이 노트로 변신하면서 글을 파일로 저장하거나 보내는 일이 쉽게 이루어진다, 글을 쓰는 데 있어 컴퓨터보다 휴대 전화를 자주 사용하는 요즘, 미니 판 엑셀이나 파워포인트가 출연할 필요성을 느낀다.

웹 문예창작학과에서 공부하는 것이 기쁘다. 미래에는 정보통신업계에 종사하는 사람들이 더 많아지고, AI를 기반으로 새로운 직업군이 형성될 것이다.

지금 쓰는 글은 AI의 활용에 대한 이해력을 평가하는 과제물이다. 하지만 AI를 활용하여 글을 생성하면 점수를 받지 못한다는 단서가 아이러니다. 피카소의 명언이 생각나는 순간이다.

"전문가처럼 규칙을 배워라. 그래야만 예술가처

럼 그런 규칙을 깰 수 있게 되는 것이다."

진정성의 관점

　문화 관광에 대한 진정성의 개념이 관광물의 진품인지 아닌지의 논쟁으로 비롯되었다고 하니 미술관이나 박물관은 그 임무로 존재감을 드러냈다고 본다. 그렇지만 "진정성 자체만으로는 관광 동기를 충분히 설명할 수 없다"는 '닝 왕'의 이론에 반론을 제기할 필요는 없다고 본다.

　많은 관광지와 관광 자원은 역사의 현장을 재구성하거나 신화와 허구적인 구전의 내용을 스토리텔링으로 시각화한 것이 대부분이다.

전 세계에서 가장 가치 있는 미술품으로 평가 받는 〈모나리자〉는 도난 사건을 비롯하여 그림 자체에 관하여 많은 논란으로 유명세를 떨치고 있다. 이처럼 문화 관광의 특별한 점은, 문화 예술의 콘텐츠에 대한 열망에서 비롯된 흥밋거리가 관광 자원이 되는 것이다.

사람들은 진실에 앞서 편리함과 익숙함으로 부정적인 측면을 회피하려는 경향을 드러낸다. 불협화음으로 발생하는 문제를 바라지 않는 그러한 마음 씀으로 미술 작품에 대한 작가의 진위가 진정성의 문제로 복잡한 관계를 만들기도 한다. 가짜를 구별하려는 구조적인 입장과 논란의 여부에 상관없이 작품을 인정하려는 실존적인 입장이 충돌하는 경계는 정치권의 선거판처럼 유동적이게 된다. 또한, 작품에 대한 작가의 진위를 가려 주는 전문가들의 판단 과정은 관람자들의 안목을 부정적인 견해에 두고 있다. 미학과 과학 그리고 제도와 권력이 얽혀 논쟁적으로 펼쳐지는 진실의 행방은 결국 각 개인의 이해와 판단 앞에서 유동적으로 미루어지며, 표면적인 결론은 다수결의 법칙으로 정해진다고 볼 수 있다.

진실이 가려지고 상식이 침몰하는 의회주의의 단점을 해결하고자 대통령 직선제를 선택하고 국민이 직접 선거를 하는 경우처럼, 유동적인 진실은 상식에서 벗어나 있다. 투명한 진정성은 작품에 대한 작가의 진위로 '진실' 아니면 '거짓'

이라는 명확한 답을 원하기 때문이다.

하지만 진정성의 관점을 관람자의 처지에서 깊이 들여다보면 관람자는 '작가의 손을 찾고 있는가? 아니면 작품다운 작품을 원하는가?'의 문제다. 문제의 발단이 가짜를 밝히려는 입장으로 시작되었기에, 즉 작가의 손을 앞세우는 관점으로 가짜라는 구조적인 면이 강조되어서 실제 작품의 진가는 가려지는 측면이 있다.

위작으로 판단되어 구조적인 면에서 실격 처리 된 작품은 혼인 외의 출생자처럼 차별을 받는 실존적인 입장이 된다. 도덕적인 관점에서 벗어나 사회적인 책임에 이른 막다른 입장에서 '존엄은 출생의 방식이 아니라 존재 그 자체에서 나온다'는 현대의 사상으로 본다면 미술 작품은 나름대로 가치가 있다고 본다. 위작의 논쟁이 있었다는 사실만으로도 작품의 존재 가치는 증명되었기 때문이다.

복원하고 연출한 상업화된 장소에서도 관광객들이 불만을 표시하지 않는 것은 나름의 가치를 인정한다는 증거다. 관광객들의 대부분은 구조적인 진실성보다 체험적 진실성에 관광의 무게를 두는 것이 사실이다. 진정성의 문제에는 이처럼 실존적인 입장이 생존의 문제처럼 담겨 있다.

위작의 가능성을 말하는 진정성이란 사람이 사용한 언어들을 증거로 옳고 그름을 가리는 이

 삶의 여유

해관계를 넘어, 작품을 주체로 두고 과학적 물증으로 작가의 진위를 판단하는 실존적인 관점이다. 작가의 숨겨진 의도로 절대적 증거가 거짓으로 드러나는 경우를 배제할 수 없는 상황에서 모든 과학적 검증은 유용하다. 다만 '절대 틀릴 수 없다'는 주장은 과학적인 입장이 아니어서 반증 가능성이 열려 있으므로, 개인이 추구하는 100%의 상식을 충족시키지 못한다.

중심의 논리

나는 예술을 좋아한다. 특히 언어의 예술인 시를 좋아한다. 예술성은 사람의 마음을 잡아끄는 매력이다. 고정된 느낌에서 벗어나 마치 움직이는 듯 보는 사람에게 감동을 주며 탄성을 자아내게 한다.

생성형 AI가 여러 가지로 사람들의 생활에 유용하게 쓰인다. 생성형이라는 의미가 좁게 느껴지지만, 컴퓨터가 발전한 것을 보면 '시작은 미미

하나 나중은 창대하리라'는 성경 말씀이 진리다. 예수의 탄생을 기점으로 서기가 시작되고 기독교가 세계를 움직이듯이, 생성형은 창조적이란 말과 일맥상통한다. 근거가 없을 것 같은 일주일이라는 개념이 성경에서 비롯되었음을 알면 성경의 개념들이 세상을 움직이는 것을 깨닫게 된다.

인쇄술을 발전시키고 많은 사람이 글을 깨우치게 한 공로와 공산주의와 민주주의를 정치적으로 끌어낸 것도 성경의 몫이다.

성경은 사람들의 믿음에 대한 경험과 그 사실들을 정직하게 기록한 책이다. 예수의 삶을 통하여 언어의 예술을 터득한다면 삶은 자유롭고 감동적으로 변하게 된다. 인문학이 사람을 예술

적으로 변화시킨다는 의미에서 글을 쓰면서 신
의 의미를 다시 생각해 본다.

　"신은 죽었다."라는 니체의 말은 극히 정직한
말이다. 십자가에서 예수도 "나의 하나님, 나의
하나님, 어찌하여 나를 버리시나이까?"라고 아
람 방언으로 속마음을 토로하였다. 그 사실은
미래를 어찌할 수 없는 인간의 불안하지만, 본
심을 드러내는 말이다. 사람들의 오해는 생각의
흐름이 순수함에서 벗어나 잘못된 방향으로 형
성되기 때문이다.
　예수를 은 삼십에 판 예수의 제자 가룟 유다
도 은 삼십을 받았지만, 후에 스스로 목을 매
죽음을 택하였다. 은 삼십은 과정과 그 의미가

　　삶의 여유

될 뿐, 가룟 유다의 속셈은 예수와 세상을 엮어 보려는 마음에서 한 행동이다. 영적 능력이 있는 스승이 실력을 드러내고 출세를 하게 되면 그 공로는 유다의 것이 될 것이기 때문이다. 실제로 그는 예수의 밑에서 돈궤를 맡아서 관리하고 지냈었다.

물질이 사람의 목숨보다 소중할 수 없다는 사실은 누구나 공감한다. 그러므로 사람의 인권이 무시되는 일은 가룟 유다나 공산주의와 같은 그릇된 욕망에서 출발한다. 잘못을 다시 되돌릴 수 없는 일본의 진주만 폭격과 같이 허황한 망상은 무의식에서 형성되어 굳어진 심리 상태로 이미 양심에 등을 돌리고 자신을 권위로 포장하고 있기 때문이다.

무력의 힘으로 정의를 내세운 십자군 원정도 마찬가지다. 이슬람 측의 살라딘과 십자군 측의 리처드가 강화 조약으로 싸우지 않고 평화적인 협상을 이룬 것이 그 증거다.

왜 일본은 독일과 다르게 침략 전쟁을 반성하는 마음을 겉으로 시인하지 않을까? 여러 가지 각도로 생각했지만, 결론은 한국인이 일본인보다 나은 존재가 아니라는 극히 단순한 동물적인 사고방식이 그들의 생각을 지배하기 때문이다. 곧 원자폭탄 한 번으로는 고개를 숙이지 않는 마음으로 사무라이의 근성이다. 과학에서 논리는 실험으로 증명한다. 한 번의 사실 위에 확증이라는 단계는 현대에 와서 모든 분야에 적용

    삶의 여유

하고 있다. 그렇지만 우연일지 모른다는 핑계로 진실을 거부하는 어리석음은 또 한 번의 무지를 드러내는 불행이 될 수 있다.

예지로 진실을 알아차리는 현인이 있지만, 반복으로 깨달음을 추구하는 동물적인 사람들도 있다. 나는 태어날 때부터 다르다는 선민의식과 나는 노력으로 달라졌다는 특권의식은 잘못이라고 생각한다.

선민의식으로 일본과 독일은 두 번째 세계대전을 일으켰다. 제1차 세계대전의 실패를 발판으로 제2차 세계대전으로 세계를 다스리겠다는 잘못된 망상을 실천했던 것이다. 히틀러가 자신의 비참한 죽음을 예상하지 못하고 자신이 국민에게 연설한 신념을 실천으로 옮긴 것은, 무의식 속에 자신을 신의 위치에 두는 행동이었다.

예수의 제자였던 유다가 스승이라고 불렀던 예수를 자기의 계획 안에 부속물처럼 생각하고 일을 꾸몄던 것과 같은 결과다.

사람의 사고방식은 행동을 유발하는 원인으로 언어의 법칙이 작용한다. 언어의 예술성이 부족한 사람들은 이분법적인 생각에 자주 걸려서 넘어진다. 이분법적인 생각이란 사랑 아니면 미움, 선함 아니면 악함, 천사 아니면 악마라는 극적인 언어의 놀이가 된다. 사람들이 노름에 빠지는 이유도 50%의 개념으로 승률을 쉽게 생각하기 때문이다.

이분법의 논리와 다르게 중심의 논리는 예술

 삶의 여유

성의 법칙이 된다. 중심의 논리는 이분법의 사이를 내용물로 채우는 것이다.

기초는 선으로 그리지만, 수준이 올라갈수록 면의 개념을 생각하며 다양한 색으로 채우는 것이 미술이다. 더하여 예술성이란, 작가가 내면의 감정까지 개성적으로 표현하는 감성을 의미한다. 시의 언어도 이미지화되어야 시의 구성이 성립되는 것처럼, 언어는 육하원칙에 따른 논리로 사건을 정리하고 전달한다. 즉 중심의 논리는 좌우로 이분법의 논리를 거느린다.

그러므로 '예'와 '아닙니다'를 강요하는 군인 정신은 사람의 감정을 이분법에 가두는 단점이 있다. 그러므로 명령으로 이루어지는 군인들의 체계가 국민의 생명과 재산을 보호하기 위한 목적에서 벗어나 특정 권력의 앞잡이로 이용되기 쉬운 허점이 된다. 특히 병영 생활로 사회와 교류가 적어 경찰과 달리 전쟁에 이용되기 쉽다. 결국, 중심의 논리가 빠진 사회는 혼란으로 무너지기 쉽다는 결론에 다다른다.

나는 불교적인 사상이 근본처럼 내재하여 있다. 그 영향으로 생각과 의견이 무와 유의 사이를 쉽게 오고 간다. 그렇게 삶을 살아오면서 자연스럽게 삶의 철학을 평등에서 구별로 전환하게 되었다. 물욕이 없이 살다 보니 내가 오해를 받기 쉬운 단면이 있어 기독교의 경쟁심을 받아들이기로 마음을 전환했다. 남과 평등하게 사는 것보다는 나 자신이 먼저 행복해지고 남의 행복

 삶의 여유

을 돕자는 그런 입장에서의 구별적인 삶을 의미한다. 다른 말로 표현하면, 내면의 아름다움을 나타내는 삶을 지향하게 되었다.

내면의 아름다움을 경쟁하는 의미로 성경에는 야곱이라는 인물이 있다. '속이는 자'라는 뜻을 가진 이름으로 살았지만, 사람으로서 하나님과 겨루어 이겼다는 이스라엘로 이름을 바꾸게 된다. 현재 이스라엘이라는 국가가 그 이름을 사용하고 있다.

내가 살아온 경험으로 야곱의 의미를 응용하여 남을 속이는 행위를 하는 비양심적인 기독교인들이 많다. 결과적으로 좋으면 용서가 될 수 있다는 속셈인데, 그 결과에는 속아 주는 사람의 선행을 가로채는 만행이 숨어 있다.

이와 같은 흐름으로 성경의 예수도 제자 가룟 유다의 속마음을 들여다보고 제자들에게 "너희 중 하나가 나를 팔리라."라고 말하게 되며 그 일의 전개는 성경의 마태복음 26장에 이렇게 기록되어 있다.

19 제자들이 예수께서 시키신 대로 하여 유월절을 준비하였더라

20 저물 때에 예수께서 열두 제자와 함께 앉으셨더니

21 그들이 먹을 때에 이르시되 내가 진실로 너희에게 이르노니 너희 중의 한 사람이 나를 팔리라 하시니

삶의 여유

22 그들이 몹시 근심하여 각각 여짜오되 주여 나

는 아니지요

23 대답하여 이르시되 나와 함께 그릇에 손을 넣

는 그가 나를 팔리라

24 인자는 자기에 대하여 기록된 대로 가거니와

인자를 파는 그 사람에게는 화가 있으리로다 그

사람은 차라리 태어나지 아니하였더라면 제게

좋을 뻔하였느니라

25 예수를 파는 유다가 대답하여 이르되 랍비여

나는 아니지요 대답하시되 네가 말하였도다 하

시니라

선의의 거짓말로 남의 목숨을 구하는 일은 칭

찬을 받을 수 있으나, 남을 위험에 처하게 하는

거짓말은 비난을 받아야 한다. 같은 이유로 "사람의 얼굴을 보면 '나를 죽이지 마'라고 말한다."라는 선언을 한 인문학자 에마뉘엘 레비나스의 윤리 철학은 전쟁을 철저하게 비난한다.

작은 일에 성실한 사람이 큰일에도 성실하게 임한다. 뒤집어 말하자면, 바늘 도둑이 소도둑이 된다. 가룟 유다도 돈궤를 맡으면서 돈을 훔쳐 갔으며, 그 일로 별 탈이 없었기에 양심이 무디어지고, 결국 자신은 특권을 가진 자처럼 대담한 행동을 했다. 스승인 예수를 판 값이 은 삼십으로, 노예 한 사람의 값이었다고 하니 자신이 주인이고, 예수는 제값을 모르는 노예 정도로 여긴 것 같다.

삶의 여유

우리나라에도 '재주는 곰이 부리고 돈은 되놈이 번다'는 속담이 있다. 재주가 있는 사람은 기술로 돈을 벌어 생활하므로 팔고 사는 이윤에는 관심을 기울이지 않는다. 가롯 유다의 심리가 스승인 예수를 스스로는 이윤을 챙길 수 없는 곰으로 생각했던 것이 분명하다.

나의 어릴 적 삶은 풍족하지 않았으나, 불평을 모르고 지냈다. 부모님께서 농사를 짓지 않아서 육체적으로 힘든 일을 모르고 살았었다. 배움이 겨우 한글을 아시는 정도라서 학업에 관해서도 간섭하지 않으셨다. 다만 남들이 자식들을 학교에 보내면 우리 자식들도 보내는 정도의 평범하고 소박한 가정이었다. 내가 남의 잔소리를 싫어하고 남의 간섭을 애정으로 받아들이지 못하는 것은, 그때의 자유스러운 생활 방식을 몸과 마음으로 익혔기 때문이다. 경제적으로 부족해도 마음은 풍요롭고, 남의 처지를 이해하며, 높은 만족감으로 삶을 관조하며 살았다.

그 당시 종교가 무엇인지도 모르고 어머니를 따라서 교회에 자주 다닌 기억이 난다. 그렇지만 기도를 정식으로 해 본 적이 없고, 성경을 읽고 의미를 생각한 적이 없었다. 다만 내가 느끼는 평화스러운 감성이 깨어지지 않고 유지가 되었다고 생각을 한다. 지금의 입장에서 돌아보면 나만의 세계관에 갇힌 듯 우물 안의 개구리라고 역설적으로 말할 수도 있을 것이다. 하지만 직장이 바뀌는 것처럼 삶의 방식은 경제적인 여건

 삶의 여유

에 따라 변할 수 있지만, 내 마음의 평화적인 틀은 바뀌지 않고 인생을 살아왔다고 말하고 싶다. 그런 면에서 윤리는 존재론보다 선행한다는 에마뉘엘 레비나스의 인문학적 사상은 나에게 긍정적으로 느껴진다.

사람의 얼굴은 그 사람의 생각이 숨김없이 드러나는 곳이다. 얼굴을 찌푸리는 것은 마음의 불편함을 말하고, 얼굴이 웃음 짓는 것은 만족감을 표현하는 것으로, 상대편과 긍정적으로 교감하고 있다는 증거다. 이러한 이론으로 깨닫는 것은, 나에게 가치관은 웃음이고, 종교관은 웃음을 통한 사람과의 교감이라는 사실이다. 결국, 불교적인 사상은 개인적으로 웃음이 되고,

기독교적인 사상은 사람과의 교감이 된다.

나는 시와 그림으로 작품 활동을 하면서 감성적인 예술성을 표현하는 시간을 보내며, 현재 요양 보호사라는 직업을 통하여 경제 활동을 영위하고 있다.

삶은 편안함을 추구하며, 동시에 변화를 통한 즐거움을 경험하고 싶은 욕구가 공존한다. '두 가지는 행복의 조건으로 그 관계를 어떻게 조율할 것인가'는 지금 쓰고 있는 글처럼 저마다 다른 미지의 세계다.

삶의 여유

인문학의 정의

인간은 모순 속에서 생각하게 되고, 그 모순의 깊이만큼 내면이 성장한다. 삶의 마지막이 죽음이라는 사실 앞에 누구라도 삶의 의미를 행복이라고 말하기는 어려울 것이다. 죽음과 같은 낱말들은 무덤에 넣어 두고 특별한 날에 추모해야 하는, 어쩌면 외계인과 같이 먼 거리감으로 두고 기억하는 것이 맞을 것 같다.

하지만 가족들이 교통사고나 암 진단과 같은 불행에 처해 있을 때, 우리는 죽음이라는 현실감 앞에 어쩔 수 없이 자신을 성찰하는 시간을 갖게 된다.

내 자신이 60대 후반이 되어 사이버대학교에 다니고 '성찰의 인문학' 강의를 듣는 것처럼 인생은 진행형이며, 나이가 들어 죽음에 가까워질수록 점점 깊이가 있는 삶에 가까워진다고 본다. 물론 육체적인 퇴화로 인지 장애를 경험하는 사람들도 있다.

어쨌거나 인격을 가진 한 사람으로 사람들과 어울려 사는 동안 이런저런 불합리를 겪으면서 자신의 존재 가치를 생각하게 된다.

인간과 언어, 삶과 역사, 철학과 예술 등을 통하여 나와 타인을 이해하고, 과학과 기술, 능력과 성과 속에서 행복을 위한 삶의 의미를 깨닫는 것이 인문학이라고 배운다. 하지만 인문학은 가르치는 것이 아니고 스스로 느끼는 것이라는 점에서 문학과 일맥상통한다고 깨닫는다.

나 자신이 그랬던 것처럼, 인문학을 접하는 사람들 모두 안개 속에서 거울을 보듯 인문학에 대한 기시감이 있을 거라고 생각한다. 사람들이 종교를 접하면서 기쁨과 편안함을 얻는 것처럼, 너와 나의 지식을 공유하며 공감할 수 있는 사실이 우리를 복되게 한다.

'나는 왜 남들과 다를까?' 이런 질문 속에서 살아오는 동안 너새니얼 호손의 단편 소설 『큰 바위 얼굴』을 생각하며 힘을 얻었다. 작은 그릇이 큰 그릇을 안을 수 없듯이, 마음이란 넓어야 세상을 바로 보게 될 것이란 믿음이 있었다. 가난이 죄는 아니기에 양보하는 마음 뒤로 나 자신의 편안함을 먼저 생각했다.

이제 남들을 이해하는 입장에서 피하지 않고 비판하면서 타협할 수 있는 능력을 키우고 있다. 경건의 모양보다는 경건의 능력이 있는 사람으로 사는 것이 행복하다고 느낀다. 고흐의 그림을 보고 그의 삶이 진실함으로 가득 차 있음을 알게 된다. 다만, 다른 사람들이 받아들이기에는 부담감으로 거부감까지 들 수 있었다고 생각한다. 아버지가 목사였고, 전도사 시절을 경험한 그는 실천주의자로 가난한 사람들에게 베풀었으며, 동생 테오에게 보낸 편지에서 그의 내적 고민이 절실하게 드러나 있어 읽는 사람들의 가슴을 뜨겁게 한다.

결국 그의 믿음처럼 고흐의 그림들이 알려져 기쁘고, 그렇게 사람들의 인식과 관점이 바뀌어서 감사하다. 고흐를 닮은 사람들은 현시대에도 우리와 같이 살고 있으며, 우리는 그 천재성을 쉽게 눈치채지 못하고 있을 뿐이다.

한류가 있어 기쁘고, 한류 열풍이 불어 눈시울을 적신다. BTS의 노래로 젊은 감성을 같이 할 수 있어서 행복하고, 포레스텔라의 예능감으로 몸과 정신이 깨어나서 행복하다. 유튜브의 멋진 모델들에게 매료되어 행복하고, 웃음을 퍼 나르는 크리에이터들이 있어 행복하다.

디지털 세계는 정확하고 편하다. 영상으로 보는 세계 곳곳의 풍경들은 진귀하고 천연기념물과 같은 꽃과 새들은 그 독창적 아름다움에 놀라울 뿐이다.

배움으로 인생이 풍요로움에 감사하다. 생각을 실천하는 사람들에게 필요한 성품들을 깨닫고 습득할 수 있어서 감사하다. 권리와 의무가 있어 감사하면서 살고, 글을 쓰고 책을 만드는 사람들의 진심을 믿는다.

지식과 정보가 넘쳐 나고, 물질적으로 풍요로운 시대에 절제를 미덕으로 느끼며 산다.

진리를 앞세우며 독배를 마신 소크라테스의 선한 성품을 존경한다. 하지만 그런 불행한 일

삶의 여유

은 다시는 없어야 한다. 태양과 달과 지구의 관계는 독보적으로 아름다우며, 그 안에서 생명을 이어 가는 인류는 더할 나위 없이 소중하다. 사람의 목숨을 쉽게 생각하고 전쟁을 일으키는 사람들을 우주선에 태워 지구 밖으로 내보내고 싶다.

인문학이 없다면 우리는 역사를 전쟁으로 이해하고, 폭력과 파괴 본능에 눈을 감을 것이다. 전쟁을 깊게 들여다보는 인문학에 가슴이 두근거린다. 전쟁을 정당화하는 권력과 이데올로기를 바라볼 수 있어 전 세계가 돋보기로 보듯 정확하게 보인다.

그동안 흥미 위주로 쉽게 읽었던 문학 작품들이 지극한 사유의 결과물임을 깨닫는다. 창작은 내면의 형상화이기에 글을 쓸 경우, 내 안에 많은 사람들이 들어와 각자의 개성을 드러낼 것을 기대한다.

연기인 줄 알면서도 극을 좋아하게 만드는 배우들을 존경한다. 연구하면서 제자를 가르치는 교사들을 존경한다. 매력적인 몸짓으로 눈을 사로잡는 운동선수들을 존경한다. 캔버스에 선과 색으로 내면의 감정까지 쏟아내며 사는 화가들을 존경한다.

옳다고 생각하기에는 의미 있는 결과와 그에 따른 논리가 있어야 한다. 문학을 사랑하는 일이 곧 사람을 사랑하는 일이라고 느낀다. 정직하고 선한 언어로 따뜻한 마음을 가질 수 있다

　삶의 여유

면 언제 어느 곳에서나 천사의 얼굴을 하고 복된 행동으로 살아갈 수 있을 것이다.

악을 이기고 물리치는 가치관은 상대로 하여금 죄를 느끼게 만드는 선한 행동이라고 확신한다. 모든 일에 내가 주인이라는 의식을 가지는 것이 최선이며, 궁극의 기쁨이라고 정의해 본다.

일은 자아실현의 실체

노동은 대가를 목적으로 하는 일이고, 훌륭한 삶은 그 가치가 존중되는 자아실현의 삶이다. 둘은 상호 보완적인 관계로 경제와 문화 활동으로 이어지며, 삶을 윤택하게 한다.

일이란 개념을 숫자적으로 풀면 앞으로 나선 중심의 위치로 곧 특정한 곳에서 주체성을 가지고 전체를 끌어가는 힘이다. 분업화되어 일이 따분하게 반복적이거나 육체적으로 힘에 부치는 경우가 있지만, 걷는 산책이나 운동선수와 비교하면 마음먹기에 따라서 생각이 달라질 수 있다.

운동을 좋아한다고 모두가 운동선수가 되지 않는다. 직업을 택할 경우에는 종합적인 판단으로서 삶을 균형적으로 살아가기 위한 방편이 된다. 돈을 먼저 선택하고 후에 여유 시간을 즐기거나, 즐거움을 택하고 돈의 씀씀이를 줄여서 자신의 자아를 실현하거나, 결국 개인의 재량에 따라 선택하는 것이 직업이다. 살아가다 보면 가치의 기준이 바뀌거나 잠시 판단이 서툴러서 직업을 바꾸기도 한다.

하지만 일은 수요가 동반하는 시장성을 가지고 있어 경쟁력을 드러내기 마련이다. 결국 살아남기 위한 극한의 직업이 되기도 하고, 가치가 하락하여 모두가 꺼려하는 3D 업종이 되기도 한다. 힘이 들고 더러우며 위험한 일은 그 일에 합당한 값어치를 받지 못할 경우에 사용되는 말이다. 온 힘을 다하고 깨끗하게 조심스럽게 정성스럽게 하도록 일에 대한 대가가 주어진다면 고급스러운 일이 된다.

생계 유지를 목적으로 주체성을 버리고 타율적 행동이 되는 이유에는 상사의 권위적 태도가 그 원인이 된다. 일하는 사람들의 인격을 존중하고, 스스로 생각하며 일할 수 있도록 동등한 입장에서 부탁한다면 좋은 결과가 된다. 하지만 생각할 여유를 뺏어 가며 옆에서 감시하고, 간섭하며 지시를 반복한다면 일이 엉망이 된다.

 삶의 여유

일이란 그 일을 손에 쥐고 시작한 사람의 의도가 가장 존중되어야 한다. 필요에 의한 일이 가장 아름다운 일이 되기 때문이다. 그 이치는 캔버스에 그림을 그리는 작업과 같다. 그림이란 붓을 든 사람의 감성과 기술로 창조적인 작품이 된다. 그림을 특별하게 부탁하는 경우일지라도 전체적인 관계 안에서 완성이 되도록 부분적인 의견에 그쳐야 한다.

평가에 쫓기거나 경쟁에 시달리다 보면 일은 개인적인 자아실현의 방해물이 되기 마련이다. 일은 겉으로 보기에 단순하지만, 개인의 정체성이 표현되는 자기 질서로 자신의 능력을 드러내는 자아실현의 통로이기 때문이다.

가치에 우선순위를 두는 자아 성찰의 삶은 스스로 행동하는 자세로, 직급이나 남들의 평가를 넘어서는 자기 성장의 표준 점을 지키고 꾸려 가는 자존적인 삶이다.

타인의 변화와 성장으로 기쁨을 느끼며 자아실현을 실행하는 교사와 같은 직업이 있지만 대부분의 사람들은 분석하고, 해석하고, 간섭하는 일에 스트레스를 받는다.

특별하게 사람과 관계성이 주가 되는 직업을 서비스업이라 한다. 경제권이 있는 사람들의 편에 서서 흐름을 타는 입장이 돈을 쉽게 벌 수 있다고 생각할 수 있지만, 교사는 지난 경험을 토대로 어린 학생들의 학업을 도와주는 일을 한다. 스스로도 배우면서 새로운 지식들을 연구하면서 습득한다.

신데렐라처럼 백마를 탄 왕자나 부유한 신랑감은 대가 없이는 가까이할 수 없는, 돈벼락과 같은 존재다. 돈벼락과 같은 상품은 미술 대전이나 신춘문예처럼 누구나 넘볼 수 없는 노력의 대가다.

물론 스스로 선택한 자율성으로 유능함을 뽐내며 타인에게 존경받는 사람들이 많지만, 그 사람들이 실제 돈벼락을 맞은 실례들이다. 그렇게 삶의 방향은 학교에서 배운 과목들과 그 세분화된 분야처럼 어마어마하게 많다.

이론적으로 공산주의는 모두가 잘사는 유토피아가 목적이다. 그러나 모두가 자율적이지 않고 타율적인 행동이 주가 된다면, 소련이나 중국과 같이 실패한 공산주의다. 중국은 사회주의로 흐름을 바꾸었지만, 만일 모두가 자율적으로 행동한다면 공산주의 앞에 자유라는 말이 들어가서 이미 자유민주주의가 된다.

명령으로 앞서면 망령이 되고, 감시가 따라붙으면 감옥의 시간이 된다. 자율성으로 돈벼락을 맞은 사람들이 사회 곳곳에서 장애물 없이 일을 할 때 사회는 건강한 공동체가 된다. 그렇지만 고인물이 썩는 것처럼, 한 사람이라도 능력이 아닌 뇌물로 벼락 맞은 자리를 사고판다면 문제가 불거진다. 보조 장치로 임기를 제한하고, 고문이라는 자리를 두는 방법으로 사람들은 문제들을 해결하려고 한다.

인류가 경험으로 분석하고 해석을 하며 이론을 새롭게 생성해도, 국가 간의 전쟁은 그치지 않고 서로 이해관계로 다투고 있다. 실제로 중심이 되는 일은 뒤로하고, 편협적인 사고방식의 일을 앞세우기 때문이다.

사람이 생각하고 행동하게 만드는 영혼은 실체가 명확하지 않아 한마디로 정의할 수 없다. 기독교에서 삼위일체설을 주장하고 민주 국가에서 삼권 분립을 실행하는 이유다. 정의한다는 것은 사전에서 낱말을 풀이하는 것처럼 설명으로 진실을 드러내는 것이다. 이런 관점에서 성경이 신의 말씀으로 정의되는 것이라면 신은 성경의 예언들을 틀림없이 모두 성취해야만 존재의 증거가 된다. 지구 밖에서 바라보아야 지구의 모습을 정확하게 볼 수 있다. 사람도 죽음이 앞에 닥쳐야 성찰이라는 마음의 자세로 자신을 되돌아본다.

간접적으로 죽음을 경험한 사람들은 실제 죽음의 고비를 넘긴 사람들이다. 그들만의 특징은 삶의 의미를 새롭게 형성하며 삶의 태도가 바뀌게 된다. 이미 생각에서 자신의 신체를 포함하여 자신의 소유를 버렸기 때문이다. 즉, 사소한 것에 뜻을 두지 않고 정직하게 욕심 없이 살아간다.

작은 일에 목숨을 거는 사람들은 일의 시작부터 간섭이고, 사사건건 일의 시비를 가리려고 한다. 일의 개념을 앞선 자의 특권으로 생각하기

삶의 여유

때문이다. 일의 중심을 알고 실천하는 사람은 조용하다. 순리적인 방식으로 일이 진행되고 있다는 증거다. 빈 깡통이 요란하다는 말처럼, 시끄러운 것은 그 사람의 그릇이 크기 때문이고, 관심이 있기 때문이며, 언젠가는 그에 합당한 내용물로 채우게 될 것이다.

적은 돈이 모여서 큰돈이 되듯이, 꿈도 성장하면서 커지기 마련이다. 하지만 크기가 전부가 아닌 것을 깨닫게 될 때에 삶은 온유해지고, 정직하며, 진실하게 된다. 많은 개수의 동전이 지폐로 바뀌는 현상처럼 일의 중심을 가진 사람들의 특징은 일을 하는 데 있어 일에 합하는 성품을 드러낸다. 즉, 시너지의 효과를 풍성하게 드러낸다. 참 아름답다는 느낌처럼 그 자체로 타인의 눈을 사로잡는 기묘한 기운이 있다.

삶은 자신의 신념으로 일에 최선을 다하면서 사는 것이 행복이라고 본다. 최선을 다한 자신을 칭찬하며 꿀잠을 자는 보상을 받는 즐거움은 뇌에 신선한 산소를 공급하는 것과 같은 지혜로운 감정이다. 만족과 휴식이란 또 다른 삶을 향한 비움의 자세며, 움켜쥔 것을 제자리에 돌려놓음으로 몸과 마음에게 활동할 공간을 부여하는 것이다. 자신의 주위를 물건으로 채우면 팔과 다리가 공간을 잃고 불편해지는 것처럼, 인간관계도 인연에 얽매이면 번뇌만 쌓이게 된다.

자아실현은 이미 경험한 완성이라는 껍질을

벗음으로 형식에 얽매이지 않고 생의 주체인 자신을 되돌려받는 일이며, 끊임없이 새로운 모습으로 성장하는 자신을 존중하는 삶의 방식이다.

시 문학

시집을 선물 받거나 서점에서 시집을 고르고 구입했을 때 가슴이 설레는 일은 축복이다. 글을 읽으며 감성으로 충만한 누군가의 마음을 훔쳐보는 것은 숨겨진 그림을 찾는 놀이처럼 즐겁다. 특히 이미지가 뚜렷한 시의 장르로 타인과 삶의 열정을 공유한다는 사실은 여행처럼 감격스럽다.

‘웹 문예창작학과’ 1학년으로서 ‘시창작실습’ 강

의를 선택한 것은 그동안 신춘문예의 작품들을 꾸준히 접해 왔기 때문이다. 내 안의 욕구를 덜어 내고 싶은 마음이 비록 부끄러운 감정의 배출일지라도 시와 정면으로 마주하기로 했다. 결국, 배움의 필요를 인정한다는 자세는 시 창작을 위한 자기 점검의 의지와 같다고 생각한다.

아치볼트 메클리시의 〈시학〉을 읽으면서, 시를 배우는 학문마저 시로써 아름답게 드러난다는 사실이 새삼 흥미로웠다. 뭐든지 쓰기 시작하는 일은 말장난을 시로 바꾸려는 노력이며, 공짜를 버리는 훈련이라고 배운다. 하지만 '시창작실습' 강의에서 얻은 진실은 서정성이 시의 근본이라는 점이다.

시는 무엇일까? 시는 너와 나 그리고 우리 사이에 피어나는 꽃을 닮은 감정이라고 본다. 현실에 오염되지 않고 초월적이며 새롭지만, 극히 순수한 감성으로 전해지는 글이 시다. '꽃을 든 남자'라는 문장이 아름다운 것은 남성적인 언어와 여성적인 언어가 아이러니하게 조화를 이루기 때문이다. 곧 시의 언어가 눈부시게 반짝이는 이유는 낱낱의 언어들이 보석처럼 서로 붙들고 있기 때문이다.

전에 읽었던 시를 대부분의 사람은 온전한 텍스트로 기억하지 않는다. 그렇지만 각자의 기억 속에 잠재된 시의 영향력은 특별한 성역처럼 존재한다. 그 감성은 같은 시를 텍스트로 접하는

     삶의 여유

순간 다시 깨어난다. 그동안 느끼고 경험했던 감정들이 연결되면서 더 깊은 판타지의 세계를 만들어 낸다.

문학은 알레고리를 통하여 사람들의 감정을 순화시키며, 감성을 확장시키는 기능이 있다. 미술에서 선과 색으로 미적 감각을 드러내고, 음악에서 리듬과 선율로 풍부하게 화음을 만드는 작업처럼 문학은 도덕적이지만, 그 규범을 넘어서는 가치관으로 선과 악의 입장을 끌어안아야 한다. 타인의 고통으로 나의 행복을 기대하지 못하며, 온전하지 못한 불협화음으로 누구라도 쉼을 얻을 수 없다.

시는 설명하거나 분석하지 않아도 읽는 즉시 판타지의 세계를 보여 준다. 음악을 듣거나 미술 작품을 보는 순간처럼, 새로운 감각으로 감정의 변화를 경험한다. 시의 친근하면서도 낯선 느낌은 정신세계를 깨우고 활동적인 에너지를 공급해 긍정적인 삶의 태도를 갖게 한다. 낯익은 언어들이 숨바꼭질하며 보여 주는 상징과 은유는 논리를 초월하여 판타지로 느낌을 전달한다. 이처럼 기존의 질서를 무너뜨리지 않으면서 다른 길을 보여 주는 아름다운 태도는 삶을 풍요롭게 한다.

만남과 헤어짐을 통하여 아름답게 사는 법을 배우고, 수고로움 속에서 천사들의 언어를 배운

삶의 여유

다. 일상의 언어들은 나뭇잎처럼 푸르고, 백지 위의 글쓰기는 꽃처럼 눈부시다. 시가 가능성으로 귀띔할 때에 시인은 동화 속의 주인공이 되어 행복이라는 마음의 열매를 어루만진다. 마음의 열매는 정직하고 온화한 성품이며, 그 감동은 눈물로 온다. 그러므로 시는 행복한 눈물이 분명하다.

예술

넓은 의미에서 예술은 실용적인 기술이다. 피아노 연주자는 이론과 테크닉을 습득한 후에 감성적이고 독창적인 연주를 한다. 임윤찬의 피아노 연주를 들으면서 가슴이 벅차고 눈시울이 뜨거워지는 건 무엇 때문일까? 그 신기함 속에 피가 통하는 동질감이 있기 때문이다. 얼마나 연습으로 시간을 보냈는지 짐작이 간다. 노력의 중요성을 모르고 타고난 감각을 앞세우는 일은 얼마나 어리석은가? 그것은 흐르는 물 위에서 발을 젓지 않는 오리와 같다.

속도와 정밀함을 추구하는 기술은 자동화되는 경향이 있고, 예술은 새로운 관점으로 낯선 느낌을 추구하는 경향이 있다. 그러므로 기술자는 생활에 편리함과 만족감을 주고, 예술가는 변화를 드러내며, 삶을 긍정적으로 느끼게 한다. 기술과 예술은 약속처럼 합리적인 방향으로 서로 끌어안는다.

눈에 띄는 커다란 예술 작품을 바라보며 자신이 거대하게 느껴지는 것은 불편함이 아니라 자유스러운 해방감이 들기 때문이다.

시드니의 오페라하우스처럼 창의적이며 실용적인 응용 미술이 멋있어 보인다. 겉으로 드러나지 않지만, 특정 분야의 발전을 돕는 예술인들이 아름다워 보인다. 현대 미술의 거장 피카소도 조각과 도자기 등 다양한 분야에서 활동하며 현대 예술을 풍요롭게 했다. 그의 미술은 새로운 개념으로 도전 정신을 드러내며 국경과 이념에 얽매이지 않았다.

반면, 현실적으로 삶에 만족감이 없는 사람들에게 예술은 불편함이다. 사회주의를 표방한 중국의 문화 혁명은 전통문화를 파괴하며 예술가를 위험한 인물로 취급하였다. 결과는 사회 전반이 불신과 침묵으로 이어지며, 10년 만에 실패한 사회 운동이 되었다.

　예술은 자동화가 주는 편리함을 거부하는 것
이 아니라 반복적인 권태 위에 새로운 감각을
도입하는 형식이다.
　지하철을 만들고, 로터리를 회전 교차로 바꾸
는 아이디어가 참신하고 획기적인 것은 문제를
보는 관점이 근본적으로 다르기 때문이다. 가치
관이 바뀌면 삶이 흥미로워지고, 집중력과 열정
이 드러난다.

　어린아이라도 속에 나이가 든 영감이 들어 있
다는 말과 노인이지만 신체 나이가 또는 생각이
어린아이와 같다는 말이 있다. '저 사람은 참 기

술이 예술이다'라는 말처럼, 모두 긍정적인 내용의 말로 들린다.

　노인은 낯익음으로 편안함을 중요하게 생각하지만, 젊은이는 눈에 띄는 개성을 더 값진 것으로 생각한다. 사람의 공동체인 사회도 질서를 중요하게 생각하지만, 축제와 같은 획기적인 행사를 반복하며 삶의 질을 높여간다.

　뜻밖의 사건들은 사람을 평범한 일상에서 깨어나게 해 활동적으로 만들고, 그 안에서 자연스럽게 피어나는 미담은 사람들을 따뜻하게 만든다. 동질감을 통해서 위로를 얻고, 변화를 경험하며, 삶의 의욕을 얻는 즐거움이 공동체의 목적이 된다.

한국에서 태어나 살면서도 아직 제주도에 가보지 않았다. 그렇지만 여행은 뒤로 미루고 사이버대학교에 입학했다. 일하며 공부하는 60대지만, 내면은 꿈을 실현하는 30대가 되기로 마음을 굳게 다졌다. 젊음을 사치가 아닌 명작으로 바꾸려 한다. 구형 자동차라고 해서 엔진에 힘이 없는 것은 아니다. 남에게 보여 주는 전시용은 싫다. 녹슬지 않도록 나를 운행하는 노력이 필요하다. 글도 더 많이 읽고, 미술관에도 더 많이 다니려고 한다.

상상

부모님과 나의 삶을 바꾼다면 나는 일주일에 한 번씩 편지를 주고받을 것이다. 피가 흐르는 탯줄처럼 생각의 관계를 이어 행복을 주고받을 것이다.

아침 식사는 된장국에 감자가 맛있었다고, 파란 시금치나물이 입맛을 돋우어 밥을 더 먹고 싶었다고, 그래서 숭늉의 누룽지를 더 좋아하게 되었다고 쓸 것이다. 파김치가 익으면 더 맛있을 거라고, 내일 밥에는 검은콩을 조금 줄여서 파김치의 알싸한 향을 느끼고 싶다고 쓸 것이다.

아들아, 학교 가는 길에 무엇이 너의 눈을 즐겁게 했는지 말해 달라고 할 것이다. 노래하는 참새가 부지런하게 보였는지, 무리 지어서 시끄럽게 노는 까마귀가 얄밉게 보였는지 알려 달라고 할 것이다. 천천히 글을 정리하며 새들은 무엇을 먹고 사는지 생각해 보라 할 것이다.

나의 작은 천사야, 오늘은 학교에서 누구를 안아 주었는지, 그 친구의 눈은 검은색인지 짙은 밤색인지, 혹시 푸른빛이 돌지 않았는지 궁금하다고 쓸 것이다. 고개를 숙여 눈물을 감춘 친구가 없었는지, 혹시 어깨가 처져 보이는 친구에게 손을 내밀었는지 따뜻한 문장으로 전해 달라고 할 것이다.

눈이 샛별과 같은 아이야, 국어 선생님에게서 문학적인 언어가 들리는지, 수학 선생님에게서 도덕적인 인품이 보이는지, 음악 선생님에게서 건강한 웃음이 번지는지 알려 달라고 할 것이다. 걸음을 옮겨 담임 선생님께 머리를 숙여 인사했는지, 앉은 자리는 깨끗하게 정리했는지, 돌아서며 친구들에게도 손을 흔들었는지 말해 달라고 할 것이다.

일터에서 너를 생각하고 잠시 흐뭇했다고 쓸 것이다. 사슴과 같은 눈이 떠올랐다고, 토끼 같은 귀가 보고 싶었다고 쓸 것이다. 네가 느끼고 생각한 것이 소중한 만큼 나는 너를 소중히 여긴다고 쓸 것이다. 네 볼이 붉어지면 나는 꼭 껴

안고 싶다고 쓸 것이다.

놀기 좋아하는 친구야, 여행을 계획하자고 쓸 것이다. 생각나는 곳을 모두 쓰자고 할 것이다. 의견을 나누자고 할 것이다. 고르는 즐거움을 나누고 분별하는 기쁨도 함께하자고 쓸 것이다. 놀이공원이 좋다고 쓸 것이다. 바이킹에서 소리를 지를 것이며, 나도 너와 같은 젊음이 있다고 쓸 것이다. 너의 젊음을 함께 나누자고 쓸 것이다.

아버지의 어깨를 주물러 줄 수 있느냐고 물을 것이다. 나는 아버지가 계시지 않으니, 대신 아들의 어깨를 주물러 주고 싶다고 쓸 것이다. 네 눈을 바라보고 싶다고 그리고 내 눈을 바라보라고 쓸 것이다. 생일 케이크 위의 글자가 아름답다고, 네 손이 정직해서 감사하다고 쓸 것이다. 네 발을 씻어 주고 싶다고 그리고 발에 입 맞추고 싶다고 쓸 것이다.

눈물은 전해지는 것이며, 아버지는 항시 손등처럼 가까이 있을 것이라고 쓸 것이다.

상상이란 현실에 안기는 것이라고 쓸 것이다. 가슴은 뜨겁게 뛰고, 눈은 소리 없이 깜박이는 것이라고 쓸 것이다. 노래는 그 가슴으로 부르고, 생각은 그 눈에 담아서 사는 것이 삶이라고 쓸 것이다.

좋은 뜻에는 얼굴로 웃고, 일은 온몸이 춤을 추듯 정성으로 하는 것이라고 쓸 것이다.

삶의 여유

머만성의 자세

겨울이 가까워지니 요즘 길거리에 붕어빵 장수가 다시 등장했다. 붕어빵이 겨울 간식으로 인기를 얻고 몇 년쯤 후에 잉어빵도 등장했으며, 모양은 같으나 다른 맛으로 나란히 그 명맥을 이어 오고 있다.

내가 알기에 붕어빵은 풀빵의 담백하고 부드러운 맛으로, 잉어빵은 기름기가 있어 식은 후에도 모양이 누그러지지 않고 느끼한 맛으로 기억한다. 사람들이 저마다의 개념으로 붕어빵과

잉어빵을 별개의 사물로 인식하는 것처럼, 언어는 나름의 개념을 갖고 탄생한다.

하지만 붕어빵에 실제 붕어의 존재 여부를 따지는 일은 없다. 더욱이 그 이름에 관하여 옳고 그름을 말하지 않는다.

사람들이 TV를 보며 그곳에 실제 사람이나 사물이 등장하기를 기대하지 않는 것은, 편지나 전언처럼 어떤 특정한 사건이나 사실을 전달하는 매개체로 알고 사용하기 때문이다. 실제 TV 화면을 보며 사람들이 보는 장면은 카메라의 방향에 따라 다르게 보이거나 연출자의 의도에 따라 부분적인 면이 두드러지게 보이는 허점을 갖고 있다.

요즘 AI의 출현으로 진짜와 가짜의 구별이 어려워졌다고 하지만, 더 중요한 것은 사람들의 받아들이고 이해하는 인식이 문제다. 사람과 사람의 관계에서도 상대편의 농담이나 거짓을 알아차리지 못한다면 낭패를 볼 수밖에 없다. 그러한 경우에는 그 사람을 멀리하거나 신용도를 낮게 평가하기 마련이다.

경험에 비추어 보면 사람들은 관계의 개념에 색안경을 끼는 인격이 존재한다. 습득한 버릇처럼 생각 위에 걸치는 착각은 내가 하면 로맨스가 되고, 남이 하면 불륜이라는 모순된 관념이다. 가족들이나 친구들과 가깝게 지내면서 부정적인 감정은 숨기고 맞장구를 치거나 동조하는 경향이 몸에 배 있기 때문일 것이다. 그렇게 무의식적인 개념을 어찌 생각하면 보상처럼 자신에게도 적용하게 된다.

글을 쓰다 보면 고정된 관념에서 벗어나야만 구체적인 문장이 되고, 글의 줄거리가 형성된다. 자신이 주인이 되는 글은 일기처럼 고백적인 문장이 되고, 타인과 감정을 공유하거나 나누는 내용의 글은 시와 수필이 된다.

가정을 벗어나면 가족이라는 관념과 습관으로 사회생활을 할 수 없다. 학교에서 국어와 수학 그리고 음악과 미술 등 여러 과목을 배우는 것과 같이 사회생활은 감정과 느낌을 다방면으로 교류하고 공유하며 산다.

 삶의 여유

영어의 'understand'와 성경에서 예수가 제자들의 발을 씻겨 주는 자세를 생각하면 이해한다는 개념은 상대편의 발을 내 손 위에 두고 생각하는 개념이다. 그러므로 진짜와 가짜의 문제는 값어치라는 수학의 공식으로 풀어야 맞을 것 같다. 먼저 출현하면 진짜가 되고, 후에 출현하면 가짜가 되는 순서보다는 존재 가치에 의미를 두는 방식이다. 즉, 학교에서 시험을 보고 점수를 주는 이유라고 말할 수 있겠다.

신약성경의 주인공인 예수라는 이름도 그 당시 여러 사람이 사용하던 이름이어서 유대인들은 나사렛이라는 출신지를 앞에 붙여 나사렛 예수라고 구별했었다.

사람은 공동체의 구성원으로 권리와 의무가 있다. 그렇게 개인으로서 누려야 할 자유의지는 마땅히 존중되어야 한다. 그러므로 고정된 관념을 뒤로하는 미완성의 자세에서 인간다움이 시작된다. 즉, 새로운 것을 바라보며 불안정감 속에서 드러나는 온유한 성품이 그 사람의 진정한 성품이다. 그 온유함으로 인류는 상호의존적이며, 협조적이 되어 미래를 발전적으로 꿈꾼다.

텍스트처럼 사람의 인품도 문법에 의지하여 언어로 표현할 수 있다. 그렇지만, 그 사실은 이미 알고 있는 사람에게는 흥미로운 내용이 아니다. 이처럼 삶은 어떤 사실을 믿음으로 그 사람이나 일에 대한 가능성의 수준을 감지할 뿐, 지

나간 일에 자신의 감정을 묶어 두거나 소비하지
않는다.

생성형 AI가 활동하는 시대에 누구라도 창조
적이지 못하면 구시대의 유물이 된다. 위기 속
에 기회가 보이고 새로운 길이 생성되는 것이 이
치다. 그러므로 우리에게 필요한 덕목은 순리를
알아채는 철학과 성찰의 인문학이다.

구례 화엄사

11월 23일 정오쯤, 전남의 구례 화엄사에 도착했다. 일요일의 오전은 도로가 한산해서 전주에서 1시간 20분 정도 소요되었다. 구례군을 여행지로 택한 이유는 올해 단풍을 제대로 구경하지 못해서다. 내장산처럼 유명한 관광지는 사람들이 몰려 스트레스가 많은 여행이 될 것 같아서, 남원을 경유하는 구례를 택하였다.

자동차로 가면서 대한민국은 산이 많다는 사

실을 다시 인식하게 되었다. 끊임없이 산들이 겹쳐 있는 모습으로 국토의 70%가 산이라는 사실을 쉽게 알 수 있었다. 차 안에서 보는 풍경은 늦가을의 전형적인 모습으로 초록색과 갈색이 조화를 이루었고, 가끔 가로수로 키가 큰 메타세쿼이아 나무가 선홍빛의 자태를 자랑하고 있었다.

구례군은 섬진강이 흐르는 곳으로, 전북 남원시와 전남 순천시의 사이에 위치한다. 인구는 2025년 4월 기준 23,976명으로 '주민등록인구통계'에 기록되어 있지만, 체류 인구는 등록 인구의 18.4배로 전국에서 가장 높은 수준이다. 산지가 많아 산채비빔밥, 산수유꽃차, 버섯전골,

밤파이, 곶감양갱이 대표적인 먹거리이며, 구례 산수유마을과 섬진강 대나무숲길이 관광 명소다. 특별히 3월에는 산수유꽃 축제가 열린다.

구례군은 분지 지형으로 노고단, 반야봉, 고리봉, 왕시리봉, 차일봉 등 험준한 산으로 둘러싸여 있다. 그중 동북부에 위치한 노고단은 지리산과 백두대간의 봉우리며, 구름바다와 진달래꽃으로 매우 아름다운 경관을 자랑한다.

노고단으로 가는 길목에 있는 화엄사는 통일신라 중엽에 신라 고승들이 창건한, 오래된 사찰이다. 입장료는 없으며, 대신 주차장의 이용료가 있다. 담장이 없는 일주문을 지나서 경사로를 10분쯤 올라가니 화엄사 '불이문'에 도착하였다. 오르는 길 한편에 천연기념물인 홍매화가 300년 넘는 수명을 자랑하고 있고 법구경의 구절을 형상화한 불견, 불문, 불언의 앉아 있는 아기부처석상이 통로 중앙에 있어 누구라도 이곳이 부처의 가르침을 실천하는 곳임을 알아차리게 된다. 실제 '각황전'에 도착하면 입구에 '백일관음기도도량'이라는 글자가 눈에 들어온다.

화엄경의 두 글자를 따서 사용하는 화엄사는 신라의 호국불교사상과 연관되어 화랑의 정신교육 장소로도 활용되었다고 한다. '화엄'이란 꽃과 공덕으로 부처님의 세계가 엄숙하게 이루어진다는 의미다. 곧, 화엄사상은 '모든 존재가 서로 연결되어서 조화를 이루는 세계관'을 뜻하여 사찰의 건축물들이 기품이 있고 정연한 분위기를 가지고 있다. 인도의 연기조사가 상상의 동물인 연을 타고 와서 창건을 시작했다는 설화가 있다.

화엄사에는 보물 제1548호인 '목조비로자나삼신불좌상'이 있다. 계단을 올라 '대웅전'이라는 현판을 머리에 두고 들여다본 법당 중앙에는 양손을 가슴에 모으고 합장하는 모습의 비로자나불상과 우측(관람자의 시선)에는 팔을 벌리고 관을 머리에 쓴 노사나불상 그리고 좌측으로 왼손은 엄지와 중지를 동그랗게 모으고, 오른손은 손바닥을 무릎 위에 얹은 석가모니불상이 있다. 합장하는 자세는 마음의 한결같음을 나타

삶의 여유

내고, 엄지와 중지를 모은 손은 부처님의 교화
를 나타내고 있다. 또한 머리에 올린 관은 불교
에서 부처님에 대한 존경의 표시를 드러낸다.
크기가 각각 2.7m, 2.5m, 2.4m로, 위엄이 있
고 웅장한 모습이지만 법신(진리의 몸), 보신(깨
달은 몸), 응신(중생을 구제하는 몸)에 해당하는 표
현으로 그 본체는 같은 부처로 보는 견해가 일
반적이다.

　구례 화엄사에는 이 외에도 국보 제67호 각황
전, 국보 제12호 석등, 국보 제301호 괘불, 보물
제300호 사자탑, 보물 제299호 대웅전, 보물 제
133호 서오층석탑, 보물 제132호 동오층석탑이
있으며, 국가유산청이 보물로 지정을 예고한 동

종, 시도유형문화재로 보제루와 구층암의 석등
이 있다.

　단풍 사진을 찍으며 내려오는 길에 '산사의
밥상 21기 사찰 요리 체험' 수강생을 모집한다
는 안내문을 보았다. 산나물비빔밥을 점심 식
사로 결정하고 주차장까지 내리막길을 한참 내
려오다 보니 배가 고파졌다. 맑고 심심한 된장
국에 콩나물과 고사리 그리고 산나물이 들어
간 비빔밥을 맛있게 먹었다. 도토리묵과 파전
은 다음 기회에 먹기로 생각하고 여행을 마무
리하기로 했다.

　단풍 구경을 목적으로 한 여행이지만, 문화 체

　　　　삶의 여유

험으로 '화엄사상'을 아는 좋은 시간이었다. 교회에 출석하는 기독교인으로 관심 밖에 두었던 불교의 사상을 선입견 없이 공부하면서 자신이 부끄러웠다. 시를 쓰는 문학인의 입장에서 꽃의 의미를 선명하게 느꼈기 때문이다. 성경 로마서 10장 10절에 '사람이 마음으로 믿어 의에 이르고 입으로 시인하여 구원에 이르느니라'라는 좋은 문장이 있다.

오늘의 여행 시간처럼 홀로 있을 때면 부처의 사상이 머릿속을 지배하고 타인들과 어울리는 사회생활에서는 기독교의 사상이 감정을 끌어가는 것이 나의 모습이라는 생각이 든다. 화엄을 바탕으로 두는 부처의 마음과 선함을 경쟁하는 기독교의 마음을 조화롭게 생각하는 것이 삶의 지혜라고 믿는다.

　삶이 깨닫고 아는 만큼 실천하는 것처럼, 구
레라는 지역 사회도 그렇게 발전하리라 생각된
다. 그렇지만 현재의 맑고 깨끗한 자연환경이 유
지되기를 바라는 마음이다.

음악처럼

몸이 즐거운 것은 나를 느끼기 때문입니다.

음악으로 시간을 흔들어 주는 사람은 주위가

얼마나 아름다울까요?

흥은 등 뒤를 감싸 줍니다.

춤추기 참 좋은 기분이라고.

흔들리는 지붕을 생각하면 위험할까요?

입을 막아도 말이 달립니다.

하늘이 내 안에서 출렁입니다.

생각은 문을 열지만 밖이 없습니다.
왔던 길이 정말로 궁금해집니다.

음악은 생활의 배경처럼 사람들의 삶에 함께합니다. 장르가 아주 많아서 축제의 분위기를 살리고 흥을 돋우며, 명상과 같은 수행의 자리에서 공간의 여백을 자연스럽게 채우기도 합니다.

세레나데처럼 언어를 품에 안은 음악은 감성을 자극하며 존재의 의미를 흔들기도 합니다.

감정과 의지로 생명력을 표현하는 음악은 시

간 속에서 존재합니다. 그러나 시간을 잡을 수 없듯이, 음악도 손에 잡히지 않습니다. 하지만 소름 돋는 흔적으로 재탄생합니다. 점점 돌연변이가 되어 까마득한 시간을 꺼냅니다.

음악은 질서를 존중하며 흐름을 창조하지만, 연주는 자유롭게 개성을 드러냅니다. 기억을 건너가는 존재의 울림이기 때문입니다.

존재에게 존재를 알리려는 본능은 무의식의 춤을 따라갑니다. 의식처럼 랩이 튀어나오면 그래피티의 세상입니다.